Le Retour
des Choses

MONICA GORSKY

Dépôt légal : août 2020
D/2020/Monica Gorsky, éditeur
mouchewolter@hotmail.com
ISBN : 978-2-9602615-0-9

Toute ressemblance avec des personnes existantes ou ayant existé serait totalement fortuite.

À Philippe,

La route a été longue, mais le soleil levant et le paysage magnifique et verdoyant laissent derrière nous toutes les fatigues et le poids des interminables kilomètres que nous avons parcourus pendant toute la nuit. On s'éloigne du village pour grimper une colline. Pour une fois que je décide de prendre la bagnole pour partir en vacances, je lui inflige plus qu'un parcours de santé. Mais elle est solide, ma « Mercedes Coupé », chère mais belle.

Du vignoble à perte de vue, des champs de tournesols… Je ralentis, c'est trop beau, c'est trop pur, c'est un autre monde comparé à la folie de Paris. On avait besoin d'air, voilà qui est fait. Le moins que l'on puisse dire, c'est qu'on arrive dans un coin perdu, pas touristique du tout !

Cela me change radicalement.

Nous voilà chez les paysans ; les gens de la terre, ceux qui labourent, ceux qui s'écorchent les mains sans connaître la douleur, ceux qui ne vont pas chez le dentiste pour se faire poser un bridge et qui ne passent pas par la manucure avant le bal du 14 juillet.

Je bosse dans la mode et je me suis aperçue que les collections de cet été (celles de l'année dernière non plus, d'ailleurs) ne sont pas encore mises à jour par ici. Le charme rural à l'état pur ! De quoi j'ai l'air avec mon pantalon en lin blanc et mon polo Dolce Gabana ? Marion est un peu plus nature, mais on dénote quand même dans le décor.

Il ne reste que des chemins sinueux étroits et arides entre ces plaines vertes. Je pousse sur l'accélérateur et engage ma courageuse voiture dans la montée.

Quelques personnages viennent égayer le tableau : des femmes aux chapeaux de paille qui segmentent les vignes, des hommes sur leur tracteur qui tracent des rangées droites en élaguant les petits arbustes, des filles parées de grands tabliers et de bottes qui ramassent les trésors de la terre... C'est vraiment une autre vie, ici ; les gens travaillent avec ardeur et sourire… font des signes de la main à deux voyageuses en sueur dans leur auto et leur tee-shirt. Nous sommes charmées par tant d'hospitalité et répondons à l'accueil. Marion embrasse ma main avec tendresse et me dit que j'ai bien choisi notre destination. En suis-je sûre ? Il va falloir s'adapter.

Au bout du chemin, la maison.
Belle, blanche, lumineuse comme sur les photos.
Les meubles austères bruns, noirs, terre de Sienne, les murs nus et pâles. Les chambres spacieuses, claires et propres. Derrière, un hangar avec vélos, table de ping-pong, machine à tondre la pelouse et quelques vieilles reliques... le tout encerclé d'un énorme jardin avec un cerisier planté au milieu.
Un soleil brûlant, le bruit de l'été à la campagne ; grillons, petit vent doux, un chien qui aboie...

Y a-t-il un traiteur chinois par ici... ?

Des jolis sentiers de terre qui mènent aux vignes... en face, un petit bois pour les promenades ombragées ou pour la chasse en saison.

Nous sommes là pour les vacances. Pour être à deux. Seules.

Marion m'avait tapé dans l'œil et je n'arrive pas à m'en détacher. Ce n'est pas du tout mon style de m'accrocher — je préfère les histoires courtes — ni Marion... En général j'aime les garçons !

Six mois que nous nous connaissons et déjà trop de choses à vivre, à se dire, à partager. Un amour particulier, nouveau, urgent.

Déjà ça, c'est pas normal !

Moi, Virna, vingt-trois ans, mannequin, brune. Un mètre quatre-vingts, yeux noirs, nez fin, bouche coquine, dents petites et gourmandes, cou de girafe, poitrine plate, taille de guêpe, jambes d'antilope... Mystérieuse, dit-on, et indépendante, ça c'est vrai ! Élevée dans la bourgeoisie très confortable auprès de Maman et de toutes ses servantes...

Marion, ma concubine, vingt ans, musicienne au chômage, brune, un mètre soixante-cinq, yeux bruns, nez d'enfant, grande bouche chevaline, assez gros seins, assez grosses fesses, jolies mains... Appétissante, drôle, amoureuse de moi dès le premier instant, elle a grandi toute seule au milieu de ses parents.

La foudre nous a frappées au théâtre, comme les trois coups. Je regardais jouer ma grand-mère, Judith Beller, avec une admiration sans borne. J'allais voir toutes ses pièces depuis que je vivais seule et que mon emploi du temps me le permettait. Une vieille querelle de famille datant de ma petite enfance avait fait de nous des étrangères. Pourtant, j'étais attirée par cette femme... par sa beauté, son talent et sa grâce. Mais on ne se connaissait pas ou plus. Un jour quand j'aurai des couilles j'irai la trouver. La retrouver...

Au bar, je buvais une vodka quand une fille assez mignonne vint me demander du feu. Un feu qui prit tout de suite, on se mit à parler du spectacle mais nos yeux discutaient déjà d'autre chose... On se jouait le jeu de la séduction. Elle sentait la vanille, elle avait une aura chaude qui m'attirait, une certaine beauté, ses mouvements me troublaient, elle me plaisait. J'ai perdu le contrôle et plongé dans ses senteurs enivrantes. Elle m'a proposé d'aller ailleurs. Et notre idylle a commencé. Banal.

Mais j'ai une vie très bousculée. Mon travail m'emporte un peu partout. Défilés, invitations, soirées mondaines... J'adore ce milieu, paraître, m'étaler dans le confort de la richesse et de la facilité. Mais j'étais amoureuse. Alors après mon dernier contrat à Londres, je décide le break et pars dans le sud-ouest de la France avec Marion que j'aime de plus en plus. Moi qui connais plein de petits endroits paradisiaques, j'opte pour le pays du vin et du foie gras. Pourquoi ? Je n'en sais rien, c'est venu tout seul. Sans réfléchir.

Maintenant que j'y suis, je ne regrette pas, j'apprends à apprécier la nature et ses cruautés. Les oies gavées et les gentils chevreuils qui d'un coup de hache délicent nos assiettes ! (Je sais, ça ne se dit pas mais je trouve cela joli.)

Les journées et les nuits sont belles, longues, languissantes, épuisantes, excitantes et reposantes. On se prélasse à l'ombre du cerisier sans cerises, repues de marche, de vélo, de salades, de pain, de vin, de pâté, de paroles, d'amour... On n'est pas bien, là ?

L'atmosphère, les arômes, la place des choses m'appellent. Comme si j'avais déjà vécu ou rêvé certains instants. Un endroit d'avant, un souvenir ? C'est un peu étrange, pas dérangeant pour autant. J'en touche un mot à ma chérie qui me répond par un jet du tuyau d'arrosage en pleine figure, donc nous passons à autre chose. C'est moi qui prends le dessus. Je la plaque au sol dans cette herbe jaunie par le feu du soleil. Elle est vaincue. J'en fais ce que je veux. Je la grignote avec saveur, je la bouffe toute entière. Je l'aime. Nous sommes heureuses, amoureuses et libres. Nous allons nous doucher. Nous puons le sexe à cent kilomètres.

Encore toute dégoulinante, je descends guillerette à la cuisine. J'ai un besoin intense de chocolat. Trois petites taches d'encre noire toutes fraiches au sol m'arrêtent dans ma foulée. C'est quoi, ça ? Marion a-t-elle écrit des cartes postales avec une plume de pigeon ? Bizarre. Je fais prudemment le tour de la pièce pour trouver l'origine de cette découverte. C'est curieux, ça ne vient de nulle part... Ma poulette descend à son tour Elle aussi s'étonne de voir ces gouttes sur le sol, mais elle a l'initiative de prendre un torchon et de les nettoyer.

— Tu as renversé ton eyeliner ou quoi ?

Je secoue bêtement la tête et lui dis que c'est venu là tout seul.

— Très drôle !

Elle se jette sur moi, me fourre sa langue dans la bouche pendant quelques tours de piste et puis me chante : « On y va ? »

Oui, on y va.

Le soleil et notre estomac gagnent la partie et nous partons vers l'auberge du village pour y goûter les délices de la région.

Le lendemain matin, d'autres taches tapissent le sol. Des éclaboussures sur le frigo nous laissent pantoises. On dirait des larmes... C'est d'un gai ! Marion trouve cela exquis mais fume sa cigarette trop vite. Elle observe tous les recoins de la pièce et recommence à frotter. « La femme de ménage, c'était pas compris dans le prix ? »

C'est dégueulasse. Rien n'explique cela mais bon ! On ne va pas assombrir notre séjour pour autant...

Avec une drôle de sensation, nous nous rendons au village pour quelques courses. La tentation est trop forte. Sans avoir l'air d'y toucher, nous posons des questions au sujet de la maison. Est-elle souvent habitée ? Son propriétaire est-il de la région... ? Les gens ont un sourire et nous disent que toutes les maisons ont une histoire. La plupart du temps, les domaines ici se lèguent de père en fils. Le vignoble et l'habitation. Élevés dans les raisins, les enfants reprennent les rênes automatiquement. Ceux qui veulent autre chose s'en vont voir ailleurs. La nôtre n'a plus de terres. Elle trône là toute seule depuis très longtemps. Une agence s'est occupée de la faire restaurer depuis quelques années. Mais ils n'y voient pas grand monde. « Vous savez à qui elle appartenait avant ? » tente Marion.

« C'est la maison du pendu ! » mâchonne le plus vieux de la bande. « C'était un chanteur qui y vivait à l'époque, une sorte de fou de Paris qui parfois débarquait avec toute une bande d'amis aussi fous que lui et qui faisaient la fête pendant des jours et des nuits. Cela mettait de l'ambiance dans le coin. Et puis il s'est passé quelque chose et tout s'est arrêté. Il était devenu triste, solitaire, ne sortant et ne parlant plus à personne. Il avait perdu son succès, autant ici que dans la capitale, jusqu'au jour où un voisin l'a trouvé au bout d'une corde. Personne n'a jamais voulu de cette maison. Elle était maudite. »

La maison du pendu. Merde alors ! Joyeuses, les informations ! Cela nous met du baume au cœur. Franchement, le « bon choix » commence à être douteux !

Quand on se retrouve chez nous (dans la maison du pendu), on oublie un peu tous ces racontars. Tout cela ne veut rien dire. On s'en persuade toutes les deux. Nous grignotons, nous papotons, nous nous dorlotons et nous nous endormons affalées dans les canapés.

À l'aube, c'est Mozart qui nous réveille avec son requiem. J'ouvre un œil, puis l'autre, m'étire et me lève. Mon pied glisse dans l'encre qui pointille le sol et mon cri sort Marion de son cauchemar.

« QUI a branché Mozart ? »

Marion trouve qu'il manque un piano dans cette pièce. Cela commence à m'énerver. Mon amoureuse trempe son doigt délicatement dans cette encre noire et l'approche de son nez. Rien. Elle mélange cette matière entre ses doigts. Rien. De l'encre, rien que de l'encre. Je m'en vais arrêter cette musique qui me saoule, mais j'ai beau pousser sur « stop », elle ne s'arrête pas. J'appuie sur « open » et ça ne s'ouvre pas. Je hurle. C'est quoi ce bordel ? Qu'est-ce qui se passe dans cette baraque, nom de dieu ! Et j'arrache la prise avec fureur. Ouf ! Mozart : stop. Les mains tremblantes, je rebranche, juste pour voir. Rien ! J'appuie sur « open », ça s'ouvre ! Et là, horreur, pas de CD à l'intérieur ! Putain, je commence à paniquer. Je regarde Marion, qui a les yeux d'un hibou.

— Tu crois que c'est nous qui provoquons tout ça ?

—J'en sais rien, mais il y a quelque chose qui

cloche ici, c'est sûr.

J'ai retrouvé mon calme tout d'un coup et le passe à Marion. Il ne faut pas qu'on se laisse impressionner par ce truc, il doit y avoir une explication.

Je vais prendre une douche en vitesse, on ne sait jamais que le pommeau se transforme en encrier. Mais tout va bien. Je ressors propre, sauf mes pieds qui restent noirs de ces taches dans lesquelles j'ai piétiné. Marion, elle, n'a aucune trace sur les doigts. Un petit coup de savonnette et hop ! parties les saletés. Normal ! Serait-ce moi, la cible ?

Mon esprit n'est plus à la détente mais aux questions. Je déclare que cet endroit ne m'est pas étranger, que cette maison a quelque chose à me dire, j'en suis sûre. J'aimerais en savoir plus sur ce fameux chanteur. Il faut continuer notre enquête. D'abord, fouiller la maison. Je suis certaine que nous ne trouverons rien mais j'insiste. Marion me suit. Nous n'avons pas vraiment peur, mais nous restons ensemble. C'est mieux.

La chasse au trésor est un bide, comme prévu. Ce n'est pas plus mal. Dernière étape : le hangar. Rien de spécial. Tout est en place. Au fond une vieille cuve, un tracteur vétéran tout rouillé, des bouteilles de vin vides et beaucoup de poussière. C'est intéressant, toutes ces pièces de musée qui dorment là comme si le temps s'était arrêté. Les mains sur les hanches, Marion regarde le mur blanc très cassé. On devine un dessin ancien. Avec un chiffon, elle frotte doucement le mur de peur d'effacer ce qu'il y reste. Petit à petit, deux personnages apparaissent faiblement. On dirait des rois de France, costume, perruque et accessoires. J'inspecte et m'éloigne un peu. Qui sont-ils, ces jolis garçons tout de dentelles vêtus ? Ils se ressemblent.

« C'est le masque de fer ! » ironise Marion, pour dire quelque chose. Moi, un des visages me dit quelque chose, par contre. Il me semble le connaître ou le reconnaître. Je continue mon inspection, observe, scrute ce visage que j'ai déjà vu quelque part. Avec ma main, je repasse sur les traits, la bouche un peu vaniteuse aux lèvres pleines, les yeux très sombres encore, le regard arrogant, le corps droit et maigre malgré la veste lourde qui le déguise en roi d'une époque trop lointaine. Yes, j'ai trouvé ! « C'est qui ? » demande Marion.

Mon père ! C'est mon père. C'est lui, j'en suis convaincue. Marion me prend pour une cinglée, elle est pâle comme un linge !

— Qu'est-ce que ton père vient faire là-dedans ? Cela fait des années qu'il est mort et en plus, tu ne l'as jamais... connu !!! Sa phrase s'éteint comme une bougie finie.

— Mais OUI ! C'est ça, c'est lui, je te jure, c'est lui, je ne sais pas ce que ce dessin fait ici sur ce mur dans cette maison, mais j'ai une certitude : c'est lui.

Dans mon sac, il y a une photo que je plante devant ses yeux inquiets en lui imposant de voir, de comparer, d'analyser.

Elle doit se rendre à l'évidence... Cet espèce de prétentieux qui en impose sur la fresque murale est bien ce papa au regard si tendre qui tient son bébé dans les bras !

— Alors, ce serait peut-être lui, le chanteur, le pendu ? Tu ne m'avais pas dit que ton père s'était suicidé, tu le savais ?

— Pas du tout ! On m'a toujours parlé d'un accident.

— Quoi comme accident ?

— J'en sais rien, un accident, c'est tout.

— Et l'autre alors, c'est qui ? Est-ce que ton père avait un frère ?

Évidemment, je ne peux pas lui répondre puisque je n'en sais rien. Je ne sais pas grand-chose finalement. Comment est-ce possible ? À mon âge ! Qu'est-ce que c'est que ce bazar ? D'une pirouette, je ne sais plus où j'en suis. J'hésite entre la panique et l'irrationnel. Qu'est-ce que tout cela veut dire ?

— Je n'ai que cette photo, je suppose que quelqu'un me l'a donnée un jour. Je ne la regarde pas tellement. Je l'ai toujours sur moi. Elle fait partie de mes affaires. C'est tout. Il est mort quand j'avais trois ans environ, je n'ai aucun souvenir de lui. Mes parents étaient séparés. Une vie de petite fille riche bien organisée. On s'occupait de moi. J'avais mes nourrices, ma mère, mes cours, mes activités, la culture, la musique, la littérature, la mode, le monde... J'étais dans un système, je suivais la route qu'on m'avait tracée. À un moment, ça m'a gonflée quand je m'en suis rendu compte. Toutes ces femmes qui m'étouffaient, me surveillaient, m'éduquaient. J'ai bien butiné dans la ruche. La reine, ma mère, a veillé au grain. Bien sûr, à dix-huit ans je me suis cassée. Partie comme une grande fille qui veut fabriquer son miel toute seule. Mon père, on n'en a pas beaucoup parlé. En fait, il n'a jamais existé. Je n'ai eu aucun mal à m'accommoder de cette évidence. Désolée, Papa ! Et aujourd'hui, il est là, ce « ghost » !

— Tu crois que c'est lui qui nous fait toutes ces blagues idiotes ?

— T'es folle ou quoi ? Je ne veux pas croire à toutes ces conneries.

— C'est vrai, je déconne. Où je vais, là ?

N'empêche, il est quand même sur le mur !

Nous sommes parties nous promener dans le petit bois. Mieux vaut bouger plutôt que de macérer dans notre marécage. Hantées par ces apparitions subites, nos réflexions mijotent dans le flou le plus créatif et le plus abstrait possible. Imaginons mon cher papa maître des lieux. Sa fille, moi Virna Vaumont, atterrit par le plus pur des hasards terrestres dans sa demeure d'antan. Un fil indescriptible me lie à cet endroit. De l'encre suspecte me fait des signes incompréhensibles. Peut-être était-il écrivain à ses heures ? Une boîte à musique imaginaire se déclenche à l'improviste. Ou musicien ? S'il était chanteur, il aurait pu trouver autre chose pour m'accueillir !

Son portrait orne le mur. Peintre aussi ?

Non non, j'efface tout. D'abord je ne crois pas aux maisons hantées. C'est un truc de film et de parano. Soyons plus rationnelles. Le type qui habitait ici était fan d'un chanteur et le dessinait (en Louis XIV) ? Non. Il y avait peut-être d'autres dessins avec d'autres costumes cachés par la peinture des restaurateurs ? Mais l'encre alors ? Oh putain, je ne m'en sors pas. Je délire ou je suis envoûtée par un spectre ? Mais Marion est là, ça, je ne l'invente pas.

Si elle était vraiment maudite, cette bicoque, et qu'elle ne voulait pas de visiteurs ? On a assez tourné dans le bois et dans nos méninges un peu fragiles sans trouver d'exutoire. Ça suffit.

Le sentiment d'urgence reste présent. Pourquoi ? Un joli petit rossignol nous attend dans la cuisine sur le bord de la table entachée d'encre noire.

Voilà que je me mets à pleurer maintenant. Marion prend le petit oiseau facilement et le laisse s'envoler dans le jardin. Elle me console en m'embrassant dans le cou et en mâchouillant mes oreilles. Ça marche, je me calme, je souris même.

— T'inquiète pas, nous sommes dans une maison où il pleut de l'encre venue de nulle part et ton père apparaît sur les murs ! Rien qu'un peu de piment pour épicer nos vacances ! On n'est pas bien, là ?

On rigole toutes les deux mais les cigarettes vont bon train. Cette maison, c'est moi qui l'ai louée à Paris. Je cherchais un endroit paisible, nature, soleil, oiseaux qui chantent. C'est la première proposée qui m'avait tentée, attirée comme un aimant. Sans hésiter, j'avais signé et payé. Trop joyeuse de partir, vivre mon bonheur tout chaud.

Malgré tout j'adore l'endroit, je m'y sens chez moi, avec ou sans intrus. J'ai bien l'intention d'y rester... avec Marion ma petite fée.

Au petit matin, rien de nouveau à l'horizon. La bonne humeur est là. Parées comme des princesses, nous grimpons dans la Mercedes sous les yeux moqueurs de nos charmants voisins, qui prennent leur pause en nous dévisageant comme des vaches devant un train qui passe. Direction Toulouse, la ville la plus proche qui possède une bibliothèque informatisée. Je suis Audrey Hepburn. Mes grandes lunettes Versace sur le nez, mes cheveux qui volent au vent de ma décapotable. Je me retrouve ! Marion, toujours plus simple dans une petite robe fleurie qui dévoile joliment sa trop belle paire de seins, ferme les yeux et continue sa nuit bercée par la musique de l'autoroute. Nous revoilà dans un pays civilisé. Les bouchons, les gens qui courent après le temps, les feux rouges, les mendiants... les boutiques, les coiffeurs branchés, les bijoux... Nous petit déjeunons dans un grand café. Menu : jus de tomates, croissants, pains au chocolat et cigarettes. On est d'attaque ! On déniche sans peine la bibliothèque, la voix familière et monocorde de l'employée nous envoie carrément aux archives.

Je clique « Pierre Vaumont »...

Le ténor Pierre Vaumont a mis fin à ses jours ce mercredi, dans sa propriété de Damazan. Il avait à peine 40 ans. On se souvient notamment de sa prestation dans « La Traviata » ou dans les opéras de Wagner. Plus récemment, il avait repris la direction artistique de l'opéra de Paris. Fils du metteur en scène Charles Vaumont et de la comédienne Judith Beller, c'est très jeune que Pierre Vaumont prend goût au spectacle. Sa carrière s'amorce à l'opéra Bastille et puis débute à Paris au National, avant d'être remarqué dans la Traviata de Verdi à l'opéra de Paris. Avec un physique de beau jeune ténébreux, il décroche rapidement des rôles importants auprès de metteurs en scène particuliers...

Pierre Vaumont est bien un des hommes du mur, il est bien mon père... Cela ne fait plus aucun doute maintenant. Il était beau, un charme et une allure de roi. Un visage aux traits volontaires, assez marqué pour son âge, un sourire réservé, un regard profond où pointe une petite angoisse effacée très vite par une assurance et une élégance qui ferait fondre la plus sérieuse des lesbiennes ! Je lui ressemble. Sa grandeur, sa minceur, son mystère, la couleur des yeux, des cheveux, la bouche surtout. Ça fait bizarre ! Je n'ai pas l'ombre d'un souvenir ! Marion copie le tout et nous nous en allons fièrement comme deux parisiennes que nous sommes. Nous allons ruminer sur un banc au soleil avant de nous lancer dans un lèche-vitrine indécent.

Avant de partir, je craque sur une paire de tongs Charles Jourdan que j'offre à Marion, qui me couvre de baisers. Ma petite Marion qui n'avait qu'une vie banale et oisive. Un jour, elle m'avait avoué qu'elle rêvait de grandes aventures ! Pas sûre que ce qui nous arrive actuellement corresponde à son rêve. Pourvu qu'elle ne me lâche pas, j'ai trop besoin d'elle, moi qui n'avais jamais besoin de personne. J'ai des envies d'avenir avec elle. Allez, on rentre ! La demeure paternelle me manque. J'appuie sur le champignon et on s'envole vers notre incroyable destinée.

Pourtant, dès qu'on s'approche de Damazan, une étrange angoisse m'envahit. La pente abrupte nous pousse au sommet. La maison dominant la colline a soudain des couleurs chatoyantes. Qu'est-ce qu'il y a encore ?

C'est la fumée qui nous fait monter l'adrénaline... J'accélère pour freiner sec aussitôt... Les pompiers sont sur place. De ses flammes gourmandes, le feu dévore la belle maison ! Nous sautons de la voiture pour constater le désastre. Je ne veux pas le croire ! Un dragon, maintenant ?

C'est l'odeur qui a alerté les voisins, qui entourent Marion qui reste sans voix. Est-ce un signe de plus ? Mais pourquoi ? À quoi ça sert ? À qui ça sert ? Aucun indice sur l'origine de cet incendie qui apparemment se serait déclaré dans le calme le plus absolu... Personne n'a rien vu ni entendu. Les réflexions vont bon train. Est-ce un acte délibéré ? Un accident ? Un mystère ? Le débat est ouvert. Les curieux sont tous au poste avec leurs opinions et leurs cancans. Un peu d'animation dans ce trou perdu, ça change des grappes à cueillir ! Il est vrai que c'est la pleine saison pour préparer les vendanges et les habitants n'ont que peu de touristes dans la région. Les anciens parlent d'un temps où la jalousie et les pouvoirs de l'état étaient parfois responsables d'hectares de vignes incendiées. Mais ce temps est révolu à présent et la majorité concluent à un accident. Une maison en location en plus, qui appartient à une agence immobilière, ça expliquerait peut-être le mauvais fonctionnement de certains matériaux. En plus, il n'y a que très peu de vacanciers qui viennent ici. Il n'y a rien à voir, rien à faire. Tous s'étonnent d'ailleurs que notre choix se soit arrêté dans cette région.

— Vous n'auriez jamais dû venir ici ! s'exclame le vieux papy.

— Je vous l'ai dit, cette maison est maudite !

Je corrige : était maudite ! Nous avons perdu au Cluedo. On n'a pas trouvé qui a tué la maison ! Nous restons perplexes, que dis-je, estomaquées, déboussolées, terrifiées en fait. Cette maison n'a pas fondu toute seule. Quelque chose nous dépasse, quelque chose que nous ne pouvons pas contrôler.

Marion n'y comprend rien. Si mon père voulait communiquer, pourquoi ferait-il brûler sa propre maison maintenant que j'y suis ? Trop cartésienne pour sortir mes pions du damier, j'en conclus que c'était un cauchemar. Nous n'avons plus de cartes de toute façon. Qui pourrait croire à toutes nos histoires ? Est-ce une énigme qui nous torturera secrètement jusqu'à la fin de notre voyage ici-bas ?

Nos gentils voisins nous offrent le gîte : un bon pâté de chevreuil, un excellent rouge de la coopérative et un lit tout à fait salvateur pour nous remettre d'aplomb.

Après une nuit agitée de fantômes et de sorciers, nous reprenons le chemin du retour avec un moral ébouriffé.

Arrivée à Paris.

Point de départ : concertations...

Marion caresse mon pied toujours tatoué de cette encre noire. Seule et unique preuve de notre aventure extra-terrestre qui ne convaincra jamais personne hormis nous deux. Je ressens un vide immense. Une solitude lourde, collante. Commencerais-je mon deuil ?

Après quelques journées mornes et transparentes, je reprends goût aux sushis et réintègre ma vie d'avant en traînant mon boulet secrètement. Je suis toujours en « vacances ». Marion squatte chez moi définitivement.

Avant nous, elle vivait chez ses parents comme une locataire, allait et venait comme bon lui semblait. Une mère et un père peu bavards, l'une accro du téléphone, l'autre du travail. Jamais de disputes ou d'élans de tendresse, la télé en toile de fond ou la musique en fond sonore. Chacun suivait sa route tout seul. Mais Marion a un petit soleil qui illumine sa vie.

Avec un bonheur léger, elle aime flâner dans les rues, aller au cinéma, au théâtre, sortir en boîte de nuit, manger, dormir pour rêver d'autre chose... Elle adore le piano, qu'elle pratique à merveille. Paresseuse de nature, elle fait ce qu'elle veut au gré du vent. Mais elle attend son heure pour exister vraiment. Quoi qu'il en soit, nous sommes unies à jamais par ce petit intermède qui a bouleversé nos vies.

C'est péniblement que j'ai obtenu un rendez-vous avec ma mère, Catherine, que je retrouve à la terrasse d'un bistrot. Elle me demande ce qui m'amène et ce que je lui veux. Depuis que je l'ai quittée, je l'intéresse de moins en moins. Cela s'était terminé en conflit comme avec toutes les personnes qui ne suivaient pas ses instructions et sa ligne de conduite. Une femme à l'apparence douce mais au pouvoir dévastateur qui vit de ses rentes depuis l'héritage de ses parents. Sa peau mate lui donne une espèce d'éternelle jeunesse... Jolie, élancée, toujours très convoitée... Mais je ne l'ai jamais connue éprise d'autre chose que de sa fortune.

Difficile d'aborder le sujet.

C'est elle qui me tend la perche.

— Tu ne partais pas en vacances cet été ?

— Si bien sûr ! À Damazan.

— À Damazan ? Elle s'étouffe presque avec une olive, prend un coup de Saint-Émilion, pour déglutir.

— Qu'es-tu allée faire à Damazan ?

— J'en sais trop rien, une envie comme ça !

— Ah ! C'est bien le dernier endroit que je choisirais pour des vacances... Cela te regarde. Et tu t'y es plu ?

— En tous les cas, j'y ai découvert pas mal de choses que j'ignorais. (Silence, on tourne.) Elle me dévisage lentement et attend la suite. Je la toise un peu hautaine... Elle attend toujours de son calme légendaire extérieur j'en suis sûre. Je vois bien que je l'ai touchée, elle doit bouillonner de l'intérieur. Je continue :

— C'est par hasard que j'ai appris que mon père a vécu là-bas. Le pire, c'est que j'ai loué sa maison à mon insu. Incroyable, non ? (Pas de réaction apparente, elle continue à siroter son vin qui la saoulera tout comme moi avant la fin de notre entretien.)

Pourquoi tu ne m'as jamais rien dit à son sujet ? Je ne savais même pas qu'il était connu, ni qu'il s'était suicidé. Pourquoi ?

— Maintenant, tu le sais. Tu es satisfaite, je suppose, ce ne sont pas ces nouvelles qui vont changer ta vie !

— Oh que si ! Tu ne t'imagines pas une seconde...

Elle me coupe soudain agacée :

— J'ai toujours voulu te protéger. Tu ne t'imagines pas quel enfer il m'a fait endurer. Heureusement, nous nous sommes séparés et il est complètement sorti de ma vie, de notre vie.

— Il faut que tu me racontes, j'ai besoin de savoir.

— Savoir quoi ?

Elle en a déjà marre, elle déteste être manipulée. Il va falloir qu'elle assure.

— Qui était-il ? Pourquoi vous êtes-vous séparés ? Est-ce qu'il m'aimait ? C'était quoi, sa vie ?

Les questions sortent de ma bouche comme des bulles qui éclatent aussitôt. Je veux tout savoir. Catherine, d'une indifférence totale, m'annonce qu'elle part en Martinique pour six mois et que Mariza, une de mes nourrices, a enfin trouvé l'homme de sa vie. Puis avec un sourire elle me prétend que ces questions je ne les lui avais jamais posées auparavant...

Je crie presque :

— Naturellement, tu as tout fait pour que je l'oublie au plus vite !

— Ton père était un maniaco-dépressif, impossible à suivre. Après ta naissance, notre relation était encore plus difficile et il est parti. Depuis ce moment, il n'a plus existé pour moi et sa mort n'a été que l'aboutissement d'un chemin qu'il s'était tracé.

Je m'étonne qu'elle ne parle pas de leurs sentiments, mais elle me rattrape en me disant que l'amour s'est caché trop vite et que je prenais tellement de place dans sa vie qu'elle avait dû faire un choix. Et elle a choisi de protéger sa fille, moi Virna, au détriment de tenter de sauver un homme qui était perdu d'avance. Comme protection j'ai été servie, c'est clair.

Silence... Je lui demande s'il avait un frère, elle me dit oui, en précisant qu'au décès toute la famille de Pierre l'avait plongée dans les oubliettes. Sa grand-mère Judith Beller, grande actrice comme je sais, François Vaumont son frère et tous les siens avec lesquels mon père entretenait, paraît-il, une relation très proche, unique et profonde. Que dire de plus sinon qu'à leurs yeux elle était jugée en partie responsable de sa chute et de son suicide. Elle ne s'est jamais sentie coupable. C'était un détraqué, un malade, un infidèle. Le temps a fait son travail, tout le monde est passé au milieu et a repris sa route.

— Et moi ?

Catherine soupire. Elle n'aime pas remuer tout

cela, je le sens bien. Elle me regarde comme si je n'avais rien compris à tout ce qu'elle venait de me confier. Inutile d'insister de ce côté, je n'en apprendrai rien de plus, c'est extrêmement clair.

La conversation est finie. Elle se lève, m'embrasse du bout des joues et s'en va.

Je reste là. Elle m'énerve avec sa façon de réduire au maximum les choses importantes comme si ce n'était qu'un détail.

Je relate ce moment à Marion qui m'attendait comme un chien pour sa promenade.

— Cela a dû être vachement grave pour qu'elle soit fermée à ce point ! Elle ne veut peut-être pas ouvrir des blessures cicatrisées, c'est sans doute sa manière de se protéger ou de te protéger.

— Je ne peux pas imaginer un être complètement mauvais. Je ne veux pas imaginer que je ne doive la vie qu'à un coup de queue. Ce serait trop triste. Il me faut une autre version.

Après cent cinquante essais de tournures de phrases d'approche, j'opte pour la simplicité.

J'appelle Judith Beller.

— Allô oui ?

— Oui bonjour... euh... Madame. Mon nom est Virna Vaumont. (Mille anges passent...)

— VIRNA ?

— Oui. (Pulsations machine à coudre rapide) ...Ce serait bien si nous pouvions nous rencontrer. Il faut qu'on parle, enfin si vous le voulez bien.

— Bien entendu ! Lundi, c'est relâche... quatorze heures, ça te convient ?

Tout à fait. Elle me laisse son adresse et insiste sur l'heure comme si elle savait que je n'étais pas ponctuelle.

Doucement, elle raccroche. Moi aussi alors.

Marion sourit de toutes ses grandes dents.

— Tu vois, c'était pas si compliqué, finalement !

Je suis à peine excitée. Les mains moites, les tempes qui résonnent comme des tambourins et les jambes en coton d'Égypte. Non, ce n'était pas si compliqué ! Donc je m'allonge et me laisse emporter dans un nuage de plumes et de baisers volés à ma douce amoureuse ! J'adore quand elle me déshabille, ses jolis doigts pianotent entre mes lèvres, sa langue me picore et s'enfonce dans mes portes ouvertes pour me mordre et m'aimer jusqu'à l'épuisement. Elle me rend dingue, cette fille !

C'est long jusqu'à lundi.

On déambule dans Paris au mois d'août, on achète des conneries à Montmartre, on s'offre des roses et on fait rire les automates. La nuit, je vois mon père au bout d'une corde. Une langue énorme et noire débordant sur son costume d'époque. Je suis en face de lui, je crie mais aucun son ne sort de ma bouche. Je tente de l'aider mais mes gestes sont ralentis, ma main n'arrive pas à la corde, elle est trop haute. Ses yeux me fixent désespérés. Les miens s'aveuglent et je me réveille en suffoquant. Cela se répète souvent, avec quelques modifications. Des odeurs désagréables me collent à la peau, de l'encre inonde le sol dans lequel je m'enfonce...

Lundi enfin ! Je suis d'une élégance subtile aujourd'hui. Petite robe Louis Ferraud beige et noire, mules à talons et un grand chapeau d'homme, noir bien sûr. J'aime. Je pars seule, laissant Marion de garde à l'appart'.

Judith Beller habite au treizième étage d'un immeuble plus que moderne. Il ne manque qu'un canapé dans l'ascenseur. Elle m'accueille avec un sourire théâtral, mais nous sommes toutes les deux un peu coincées.

« Tu as mis du temps ! »

Est-ce un reproche, un soulagement ? Dans un silence malsain, je reste là, plantée comme un arbuste en début de tempête. Je ne sais pas ce qui m'arrive, je tremble de la tête aux pieds et il me faut encore quelques minutes pour reprendre mes esprits qui s'égaraient dans un espace trop brumeux. Finalement, je m'embrouille dans des excuses ridicules en espérant être exaucée au plus vite. Dans un soupir, Judith m'invite à m'asseoir et me propose un verre de champagne que j'accepte à contrecœur. Pas soif du tout !

— C'est toi ma petite-fille ! appuie-t-elle en me dévisageant de ses yeux fatigués mais malicieux. C'est joli, ça ! (en effleurant ma robe) Tu as un chouette look !

Enfin un sourire sincère pour me dire que j'ai grandi depuis la dernière fois. Je le lui rends timidement. L'appartement est somptueux, plein de richesses d'esprit et de goût. Si je tendais l'oreille, j'entendrais au loin les mots par milliers flotter dans cette pièce, que cette belle dame toute de rouge vêtue a appris, répétés sans cesse jusqu'à l'intégration complète des textes dans cette bouche fine qui les récite soirs après soirs depuis tant d'années. Parce que c'est ici qu'elle étudie. J'en ai la certitude. Je suis fascinée, émue. Je lui dis mon regret d'avoir laissé passer le temps entre nous. C'est une erreur mais je n'osais pas, ne la connaissant plus que comme la comédienne de renom qu'elle était. Impressionnée, maladroite pour renouer des liens défaits certainement contre ma volonté. Je lui avoue que ce sont les derniers événements qui se sont produits malgré moi qui m'ont poussée et conduite vers elle. Puis sans réfléchir je lui raconte tout depuis mon arrivée à Damazan. Dans un sourire mélancolique, Judith m'écoute en secouant la tête, puis s'exclame que c'est bien Pierre, ça ! Elle m'explique que selon son idée il ne les a jamais vraiment quittés, même mort on sentait sa présence partout, et on s'habitue à cela aussi. Bien sûr elle veut bien croire tout ce qu'elle vient d'entendre. Il ne sera en paix que quand moi sa fille, qu'il a trop aimée, connaîtrai sa vérité, il l'a toujours dit. De toute façon Judith n'a plus de larmes, elle a rangé dans un tiroir tous les souvenirs du passé. Sur les photos je vois mon père enfant avec François son frère et plus loin ma ribambelle de cousins inconnus...

J'apprends cet homme généreux et égoïste à la fois, courageux, intransigeant, exigeant, insatisfait, talentueux, possessif, orgueilleux... et merveilleux ! Un élan de tendresse monte en moi. Je crois que je commence à aimer ce père. Nous partageons le champagne. Nos yeux pétillent. Elle est gentille comme toutes les grands-mères. Elle m'a préparé des asperges vinaigrette, une épaule d'agneau aux petits légumes et du camembert pour terminer. Je me régale. C'est sa spécialité, me dit-elle :

— Pierre adorait cela, je lui en faisais souvent quand il passait... Mais j'ai aussi un secret pour le poulet au curry. Un jour tu m'en diras des nouvelles !

Quelle pêche elle a, cette petite bonne femme ! Elle bouge, elle bouge... Ses mains sont un mime, gracieuses, très blanches, soignées. Ses gestes sont précis, sa démarche sautillante. Sa voix grave ou enfantine, tout dépend ce qu'elle dit. Le théâtre a dû lui injecter un sérum qui n'a plus de vérité. Droite, incassable, elle joue toujours. Mais j'ai confiance en elle.

Damazan, elle connaît bien. Quelques neveux y sont encore, dans un château. C'est par eux qu'elle a appris pour la maison. Dommage, il y a tant de souvenirs là-bas ! Elle était à sa mère. Les enfants y passaient une partie de l'été. Pas pour les vendanges, aucun des deux ne prétendait se salir les mains ! Ils allaient plutôt au lac un peu plus loin, s'amuser avec leurs copains, draguer les filles...

— Charles et moi les rejoignions de temps à autre quand c'était possible... C'est à cette période que leur père les avait dessinés sur le mur du hangar. Il était passionné par l'histoire de France. Quand ils étaient petits, il les déguisait souvent et les forçait à apprendre des petites scènes. Il voulait en faire des comédiens, mais cela n'a pas vraiment marché. Enfin, pas tout à fait !

Elle prend une pause, m'offre un café, des biscuits et son sourire...

— Au décès de ma mère, Pierre avait choisi de garder la maison plutôt que de la vendre. Elle resterait la maison de vacances, mais c'est Pierre qui y venait le plus souvent quand il sortait de ses tournées, de ses représentations. Tout le monde était bienvenu là-bas et tout le monde en profitait. Pierre était ainsi, il aimait partager...

Judith, songeuse, ajoute que c'est vraiment curieux le nombre d'endroits qui ont brûlé depuis sa mort. Même considérés comme des accidents, c'est étonnant que ce soient toujours des endroits où Pierre avait vécu des moments intenses de sa vie. Comme s'il fallait tout effacer. Était-ce lui qui provoquait ces incendies ? Je veux comprendre son suicide. Il aurait pu vivre une nouvelle histoire d'amour !

L'amour ? Le non ! non ! s'agite sur le visage dépité de Judith.

— Il a connu mille femmes, mais très peu l'on rendu heureux. Trop étaient attirées par son argent, son étiquette. Pour lui, elles étaient un besoin, une drogue. Jusqu'au jour où il a rencontré Catherine. Il semblait avoir mordu à l'hameçon. Il était amoureux. Vraiment. C'était autre chose, il ne parlait plus au singulier. Elle, par contre, n'était pas accrochée comme les autres, elle était plus âgée, plus adulte, plus réfléchie aussi. Gentille, d'agréable compagnie, riche, bien élevée. Une fille bien, quoi ! Il était prêt à tout pour elle. Il la gâtait, l'emmenait en voyage, lui faisait la cuisine, ne fumait plus. Il était même devenu fidèle ! Et ça, cela voulait dire quelque chose ! Il voulait un enfant. C'était la première fois. Il était transformé. Il ne la quittait plus. Elle tombe enfin enceinte. Une grossesse vécue dans du coton. Et puis le bébé : TOI ! Tu es arrivée. Un miracle pour lui.

Judith baisse les yeux sur son soupir et continue après une gorgée de champagne qu'elle préfère au café...

— Catherine, elle, a eu son enfant et a lâché Pierre. Elle le reprenait sur des détails, indifférente et calme, toujours calme. Pas de désir, pas de confiance, pas besoin.

C'était un papa adorable. Entre son emploi du temps très partagé, il faisait un maximum d'allers-retours pour venir t'embrasser, toi sa fille dont il était si fier. Il ne voulait pas des nurses et des cuisinières. Il voulait une vie simple. Mais Catherine ne pouvait pas imaginer un instant sans ses aides multiples. Elle ne pouvait pas fonctionner sans le conseil et le soutien de gens de métier. Pierre n'a compris que trop tard qu'il n'aurait aucun pouvoir et qu'elle les avait tous. La suite n'est pas difficile : ton père, de par son métier, n'est pas souvent présent, la petite Virna est avalée dans la bulle de sa mère, elles respirent sans lui. Elle en fait définitivement un étranger. Ils se disputent fréquemment, parfois violemment, pour se séparer au plus vite avant qu'il ne la casse parce qu'il ne peut plus la supporter. Tout son amour, il l'avait transposé sur toi. Commence alors « la guerre », comme il disait, la bataille pour la garde de l'enfant. Pour ta garde. Il voulait sa part d'éducation, sa part d'enfant. Il disait toujours que pour grandir il fallait deux jambes. L'une de la mère et l'autre du père. Il enrageait de cette éviction qu'il n'acceptait pas. J'avais beau lui conseiller de prendre patience, sa détermination était trop forte. Nous ne pouvions déjà plus l'atteindre. Extrêmement nerveux, agressif, blessé. Que pouvions-nous faire ? Cette fameuse guerre l'a perdu, ruiné, mentalement, physiquement et socialement. Son dossier est plus gros qu'un roman-fleuve. Gonflé d'aberrations, d'accusations mensongères et de conclusions grotesques. Ses différents avocats ont été balayés par la fortune qui actionnait la partie adverse. D'expertises psychiatriques en audiences erronées et en jugements sévères savamment injustifiés et rarement respectés de la part de Catherine, ils en ont fait un malade mental, un irresponsable, un être violent et imprévisible. Et ils ont réussi. Il n'a reçu finalement qu'un droit de garde limité et encadré pour ne pas mettre sa fille en danger ! Il l'a respecté, lui qui n'avait plus que « TOI » comme raison de vivre. Il s'est acharné tant qu'il a pu mais d'autres trahisons ont eu raison de lui et il a perdu la bataille. J'avais le droit de te voir quelques fois quelques heures, mais au fil du temps tes visites se sont espacées, pour finalement ne plus exister. Ta mère t'a reprise dans ses bagages et a disparu de ma circulation.

Les yeux secs de Judith Beller ne trahissent rien que de l'amertume, tandis que les miens luttent pour ne pas sombrer dans l'océan de tristesse dans lequel je me baigne de plus en plus profondément. Ma grand-mère se lève et serre dans ses bras la petite-fille qui a fait un horrible cauchemar...

— C'est le moment d'aller trouver François. Le temps est venu maintenant de récupérer ce qui t'appartient.

Je m'attends au pire ! Je suis effondrée. Mon pauvre papa ! Judith doit être enfin soulagée de tant de silence. Après une nouvelle séparation, mais temporaire cette fois, je la laisse au beau milieu de ses mots transparents...

Un CD ouvert de La Callas m'attend dans la Mercedes. Pas d'effraction, vitres fermées. Tout va bien. Rien n'a bougé depuis tout à l'heure, à part ce disque qui ne m'appartient pas ! Trop bouleversée par ces aveux inespérés, je ne m'étends pas sur ce petit mystère et branche la stéréo. La voix mélodieuse, cristalline et triste m'emporte à travers Paris comme dans un songe... Je pleure.

Je rejoins Marion, qui ne m'a pas attendue. Dans le bar tabac, elle est seule à une table, cigarettes débordant du cendrier. Un sourire éclaire sa frimousse quand elle m'aperçoit. Ma mine doit être effrayante parce qu'elle me demande si je vais bien. Je noie mon chagrin dans son verre et la rassure en lui disant que je l'aime. Ça fait cliché, mais c'est la vérité.

— Alors ?

Alors, je lui raconte. Je me sens mieux, ma douleur s'atténue et me confirme sa présence. Il est près de moi. Il ne m'a pas abandonnée. Je crois en lui, je dois seulement comprendre son langage...

L'oncle François habite en Belgique. Je suggère un long week-end sur la côte d'Ostende avant la rencontre. Naturellement j'ai son adresse, ce ne sera pas simple. Le labyrinthe belge n'est pas ma spécialité, mais on se débrouillera. Un fou rire nerveux me surprend, Marion m'accompagne en écho.

Plus tard, dans la baignoire où nous sommes

censées nous relaxer, une énergie subite me submerge. Nous repartons à l'aventure ! Je vais au-devant de mon passé !

Mon amie n'a jamais autant bourlingué en si peu de temps !

Paris ! Paris ! Paris par cœur ! Mon idée a sur elle un effet aphrodisiaque. Tant mieux, cela m'arrange ! D'un baiser je l'immobilise, la sèche doucement. Elle est toute à moi ! Je la masse, la malaxe, la pétris de mon émulsion Chanel n°5. Mes mains vont et viennent sur son corps, dans son corps chaud et voluptueux. C'est bon...

Après cet intermède hydratant à souhait, mes tracas reviennent au grand galop. Plutôt que d'éplucher mes interrogations, je plonge dans un sommeil sans rêve.

On a de la chance à notre arrivée en Belgique. Il pleut ! Mais quand même, nous avons déniché un petit hôtel très sympa près de la place. Malgré le temps maussade, la ville est pleine de touristes. La plage est immense et bondée. Des enfants pataugent au bord de l'eau tandis que les baigneurs s'ébrouent dans la mer grise sans avoir cure du climat plutôt frais pour la saison. Emmitouflées dans nos pull-overs et charmants cirés à capuche achetés directement sur la digue, nous nous baladons fièrement sans chien au milieu des promeneurs avides de cet air iodé et purifiant. Nous goûtons les moules et puis les frites du grand Jacques et de son copain Jeff, et nous nous mettons à la bière pour être complètement dépaysées !

« On n'est pas bien, là ? »

Oui, on est bien ! Pendant trois jours, on se délasse et on délaisse aisément mes soucis. Le soleil fait quelques apparitions, mais ce ne sont pas vraiment ses jours, on dirait. Peu importe, l'ambiance est estivale et les Flamands sont très gentils. J'ai retrouvé ma bonne humeur et mes muscles après une heure de « cuistax ». Les fameuses gaufres de Bruxelles nous rassasient et continuent à nous faire grossir impunément ! Ostende est belle, vivante et revigorante. J'habiterais bien ici à mes heures... C'est à cogiter.

J'appelle le tonton François et lui annonce que je suis déjà dans son petit pays. Il a une voix riante et me parle comme si on s'était quittés la semaine dernière. Après m'avoir indiqué un itinéraire aussi simpliste que le tour de France, il m'invite à partager leur humble demeure aussi longtemps que je le désire. Précisant de toute ma gratitude que je ne suis pas seule, je décline son offre avec un léger pincement de regrets. Mais il me prend au vol en accueillant d'emblée ma camarade.

« Aucun problème, nous ne comptons pas les convives, ici. Virna, nous avons tellement hâte de te revoir ! Amène ta copine et qu'on n'en parle plus, d'accord ? »

Voilà qui est clair. Donc, j'accepte avec plaisir et démarre...

Il fait beau temps dans le milieu du nord. C'est dans un patelin à peine reculé de la capitale. Les rues et les habitations forment un ensemble tellement homogène qu'il nous faut presque une heure pour dégoter la bonne. Enfin, nous y sommes... Une maison de contes (de fées ?). Petites fenêtres décorées de carreaux rouges et blancs côté rue, à l'intérieur un havre chaleureux et spacieux assez multicolore et original mais très sympa. Ça sent le bonheur ! Aucun de ces visages ne me parle et pourtant, une fois de plus, je me sens chez moi au premier coup de nez !

François Vaumont est absolument charmant. Les traits de la dame en rouge sont reproduits sur un visage rieur et serein. Il est beau lui aussi, mais envahi de simplicité et d'élégance naturelle. Les années ne l'ont pas abîmé encore. Un homme heureux ? Un grand frère certainement ! Et une grande sœur en bonus. Il nous présente sa femme Maya, assortie à son décor. À mon tour, je leur présente Marion. Ils la dévisagent du coin de l'œil... Une seconde de doute et le nuage passe aussi vite qu'il est apparu.

On se fait tous une bonne bise à la belge et les suivons vers le jardin. Il y a du monde, là ! Dans la mêlée, nous saluons Clotilde, Antoine, Jean, Sacha, Hortense, Stanislas, Augustine, mes cousins ainsi que leurs amants et amantes. Cela fait une sacrée équipe ! Très cool, hors de la réalité. Une autre planète. J'y suis bien, j'insiste. Tout est ouvert, les portes et les cours. C'est « Ma » famille !...

Antoine, un adonis aux boucles brunes, s'affaire avec les saucisses et les côtelettes au barbecue en me parlant de foot. Un point commun : le P.S.G. Il y en aura d'autres sans hésiter. Marion fait la causette avec Jean, le comique de la troupe. Clotilde, plus en retrait, nous épie, nous observe avec sa sœur Sacha (la plus sexy du groupe). Une sorte de secte, une bonne secte à laquelle j'adhère immédiatement ! Nous parlons de nous puisqu'on les intéresse. Mon métier que je décris comme mon énergie vitale, c'est lui qui m'a donné des amis, l'indépendance, la confiance en moi. Mes passions, les voyages, la nature, la mode naturellement, Marion (haussement de sourcils général), mon père depuis peu... Maya me sourit tendrement.

— Ton père était un type bien. Un écorché de la vie, un idéaliste, un perfectionniste. Mais aussi un gai luron, un fêtard de première ! Il nous en a fait voir de toutes les couleurs. Il ne faut pas te bloquer sur la fin de son existence... elle ne reflète pas son vrai profil.

— J'ai tellement de questions !

— Nous avons des réponses...

Jean se lance dans une imitation hilarante de Pierre Vaumont. Sa démarche, ses tics, sa façon de parler, de se curer le nez, de regarder les femmes, de danser, de chanter. Le tout avec la pointe d'exagération qu'il faut pour être irrésistible ! Tout le monde s'esclaffe quand il reprend sa place. J'en ai des crampes au ventre.

L'après-midi est du même acabit. Tout tourne autour de mon père, de son côté sympa, comique. Eux ils ont gardé le meilleur de lui, c'est bien.

Marion les interpelle par quelque chose que je n'arrive pas à définir. Le courant passe, mais une distance de la part des aînés la détache du noyau. Distance discrète certes, mais évidente. Une évidence qui m'échappe mais que je rattraperai. Il n'émane aucune animosité de leur part, au contraire je les sens « vrais » et concrets, c'est cela qui me déconcerte. Il faudra gratter un peu de cette carapace familiale pour atteindre leurs ombres...

Mais l'esprit est à la joie de nos retrouvailles et aucune envie de gâcher ces moments merveilleux ne m'effleure. Je veux être contaminée par leur allégresse. La journée s'écoule, parsemée de jeux, de rires, d'anecdotes et d'histoires drôles. Les choses sérieuses sont remises au lendemain de commun accord. Les enfants s'en retournent chez eux avec la promesse d'une récidive prochaine. Seuls Stanislas et Augustine, les plus jeunes, vivent encore chez leurs parents.

Nous recevons l'ancienne chambre d'Antoine, probablement la plus sobre de toutes, mais la plus proche de la salle de bain. Trop arrosées par le rosé, nous nous endormons sans discuter.

Un bruit bizarre me réveille pourtant. Régulier mais insistant, comme un petit moteur. Un peu hésitante, je sors de la chambre à pas de chat. Personne. La maisonnée est en sommeil, il fait noir et le ronronnement continue. Le cœur battant, je descends pour voir ce qu'il y a. J'espère avoir le temps de crier au cas où... C'est de la cuisine que vient le bruit. Au passage, j'attrape une batte de base-ball qui traîne dans le couloir... on ne sait jamais. Je m'approche prudemment pour freiner devant l'évier où une petite voiture téléguidée patine contre une planche à découper la viande ! Je respire. Quelle connerie ! Je ferme le petit interrupteur du jouet quand soudain la lumière de la cuisine s'allume. Je sursaute comme un ressort hors de sa boîte.

— C'est moi ! me dit François.

— Oh putain, tu m'as fait une de ces peurs !

— Pardon, mais il y a de ces bruits parfois...

— Ah bon ? Elle était déjà là, cette voiture ?

— Probablement, mais elle s'est mise en route toute seule. Il n'y a plus de télécommande.

— Tu trouves cela NORMAL ?

— Ce n'est pas grave.

— Euh non, pas vraiment, mais quand même, ça me fout les boules.

— Tu t'y feras. Allez on va se coucher...

Il m'embrasse sur le front, prend la petite auto et va la poser dans un canapé. Quelle trouille j'ai eu ! Pas tout à fait rassurée, je remonte dans la chambre bercée des jolis ronflements de Marion.

Les yeux ouverts comme des billes, j'attends la visite de Morphée qui prend tout son temps avant de m'emmener dans son pays des rêves.

Le lendemain, la journée est déjà bien entamée quand nous descendons. Un déjeuner copieux nous remet les idées en place. Sur le coin de la table sont déposés une pile de documents et des objets assez incongrus dans un sac en plastique. Maya et François sont avec nous, joyeux comme à l'accoutumée. J'aperçois la petite voiture au milieu du salon, par terre. Aurait-elle encore fait une randonnée au petit matin ? Mon cher oncle François m'envoie un regard de connivence qui me confirme ma balade nocturne ridicule.

— On ne sait pas trop comment expliquer certains phénomènes qui sont survenus depuis le décès de Pierre. C'est souvent troublant mais on pense que ce sont des signes de sa part. En tous les cas, nous les interprétons comme tels. Cela fait vingt ans que cela dure et je crois qu'il est toujours là dans la pièce à côté. Le perdre a été comme une amputation à laquelle j'ai dû m'adapter. Très difficile au début, et puis un jour on se surprend. On peut continuer à vivre avec un seul bras. C'est différent, mais nous avons beaucoup appris de cette expérience.

Je déglutis :

— Moi aussi, depuis quelque temps je remarque

des incidents étranges. Ils m'ont amenée vers mon père sans me prévenir. En supposant que ce soit lui, qu'est-ce que je dois comprendre ?

— Pour nous la question ne se posait pas. Tout a commencé très vite. Nous étions trop perturbés pour être tout à fait rationnels. Des bruits suspects, des objets déplacés, de l'encre aussi, des coïncidences pour le moins bizarres. Mais cela ne prouve rien. Il se peut que ces faits existaient auparavant sans que nous nous y arrêtions. Nous avons décidé que c'était lui, c'était peut-être notre façon de refuser sa disparition.

Maintenant c'est Maya qui raconte, François préfère...

— Il venait souvent chez nous, mais on ne parlait pas trop de son monde de lumière. Et puis il ne venait pas pour ça ! Nous avons beaucoup ri, joué, parlé, partagé !... À lui tout seul il enflammait une soirée de ses imitations, de ses blagues, de ses rages, de ses chansons aussi...

Il voyageait beaucoup, fasciné par l'Australie où il n'est jamais allé. On feuilletait ses photos et on buvait ses paroles comme du petit lait. Il s'intéressait à tout ! Surtout à ceux qui étaient différents, qui menaient une vie opposée à la sienne qu'il croquait à pleine dents, il faut bien le dire. C'est vrai que son succès le faisait parfois dériver dans des chemins pas trop clairs, mais François protégeait son petit frère depuis toujours et savait bien comment lui remettre les pieds droits. D'ailleurs c'était lui le seul qui pouvait lui dire ses quatre vérités sans déclencher un torrent de colère et d'animosité quand il était mal luné. Rigoureux, entier et très exigeant, autant avec les autres qu'avec lui-même. Un perfectionniste dans l'âme. Un vrai frère, un vrai ami. Toujours là quand il faut, où il faut. Pour rire ou pour pleurer...

Et puis, il y avait « Les Femmes » !

Il les aurait toutes mangées tellement il était gourmand. Un Don Juan !

Le charme, le charisme, une certaine élégance et c'est parti. On en a vu défiler quelques-unes... de toutes les formes et de toutes les couleurs. Parfois j'avais le temps de m'y attacher un peu pour mieux la perdre par la suite, faisant place à une suivante. Il n'était pas vraiment fidèle et il en a souffert, mais c'était plus fort que lui. Dès qu'il possédait, le jeu était déjà fini, il s'était déjà trouvé une nouvelle proie. Son tableau de chasse était bien rempli quand il a jeté son dévolu sur ta mère, Catherine... Et là, on ne sait pas ce qui s'est passé, mais il s'est transformé littéralement. C'était la « bonne », celle qu'il était prêt à épouser ! Tu t'imagines un peu ? Enfin fonder une famille.

À ses pieds, il lui obéissait au doigt et à l'œil, lui pardonnant tous ses caprices. Quand elle était enceinte, c'était pire encore mais on ne pouvait déjà plus le rattraper. Il était mordu par un serpent, « excuse-moi Virna », et le venin commençait lentement à produire son effet, à l'empoisonner à petites doses sournoises. En fait, elle lui a rendu la monnaie de sa pièce. Tu n'étais pas née qu'il n'existait déjà plus. Tu étais son soleil, sa princesse, sa plus belle, son amour, son miracle. Aucun homme ne pouvait être plus heureux ! Alors, le calvaire a commencé. Elle ne voulait plus qu'il la touche, toi à peine. Nous ne te voyions plus parce que tes horaires étaient trop stricts. Elle ne supportait pas les méthodes de ton père qui espérait moins de rigueur, qui refusait de faire de toi de la porcelaine, comme il disait. Il voulait que tu découvres la vie telle qu'elle était, que tu aies des petits copains, que tu voies ta famille, tes cousins, que tu bouges, que tu ries, que tu vives normalement comme tous les enfants. Pas dans une bulle de savon où elle t'enfermait et où tu nous échappais, tu échappais à Pierre, mais on n'a pas voulu s'en mêler, et puis on ne se rendait pas compte. On écoutait ton père qui n'en pouvait plus. Ses propos nous semblaient exagérés. Il était tellement excessif... Sa patience et sa tolérance se sont disloquées pour le replonger dans le sexe et les aventures sans lendemain, sans amour. Leur relation se tendait de plus en plus pour éclater avec fracas. Ce grand amour s'est métamorphosé en haine féroce. Nous pouvons te jurer qu'il s'est battu pour toi. Avec lui, nous avons vécu son combat, dans l'ombre. Nous ne pouvions que l'écouter... Il était déchiré dans sa souffrance de ne plus pouvoir t'entendre, te voir, par le comportement de Catherine qui l'a rendu fou. Son histoire avec toi et ta mère s'arrête là.

— Donc il y a eu autre chose ?

— Oui, mais cela n'a plus rien à voir avec toi.

— Je veux savoir.

Maya n'a apparemment pas très envie d'en parler mais son mari l'y encourage.

— Une autre femme est entrée dans sa spirale. Celle qui compensait les manques. Ce n'était qu'une histoire de cul selon lui, mais une fois de plus il a été pris au piège.

— Que s'est-il passé ?

— Malgré la situation, la fille s'est retrouvée enceinte, un accident disait-elle. Pierre prétendait qu'elle lui avait fait un enfant dans le dos. Leur relation ne représentait rien pour lui, il voulait qu'elle avorte et le pire, c'est que moi j'ai tout fait pour qu'elle garde ce bébé. Croyant qu'il changerait de direction, qu'il s'attacherait à cette nouvelle vie, qu'il avait d'autres chemins à prendre, enfin je pensais bien faire... Il ne voulait pas de cette femme, qui ne correspondait absolument plus à ses critères puisqu'elle était de la même trempe que ta mère.

— C'est-à-dire ?

— Paresseuse, sournoise, avare, manipulatrice... que dire encore ?

— Et c'était vrai ?

— Oh oui ! Seulement, il nous a fallu plus de temps pour nous en rendre compte.

— Tu t'entendais bien avec elle ?

— Elle était devenue mon amie, ma sœur, ma fille... mais elle nous a tous trahis. Elle a gardé l'enfant, jurant qu'elle n'avait pas besoin de Pierre et qu'elle l'élèverait seule. Tout était fini entre eux, mais au fur et à mesure ton père se torturait dans cette situation, il tombait dans la dépression... Il entra alors dans un hôpital psychiatrique pour se faire aider. Affaibli mentalement et physiquement, elle profita de sa fébrilité pour le relancer et il repartit avec elle, rempli d'espoir. Ce ne fut que de courte durée. Deux mois plus tard, il la quitta définitivement et réintégra la maison de santé. Elle le harcèla à petits coups de téléphone, de promesses, de messages amoureux, etc. Ils ne se voyaient plus du tout mais le contact restait. Elle lui faisait dire n'importe quoi, de toute façon il n'en pouvait plus. Il racontait à tous ce qu'ils voulaient entendre et quitta l'hôpital, prétextant une nette amélioration et un projet professionnel, rentra chez lui, prit une corde et s'y pendit sans autre forme de procès.

— Putain ! C'est horrible !

— À partir de cet instant, elle a réclamé la paternité, la part d'héritage, le nom de Vaumont pour la petite. Pierre avait fait un testament trois semaines avant son suicide, dans lequel toi et François étiez ses seuls héritiers. Donc, elle entama une procédure pour récupérer ce qui lui était dû et nous entrâmes en guerre. Mais c'est encore une autre histoire...

— Il a dû se sentir extrêmement seul pour en arriver là, non ?

C'est François qui poursuit :

— Tous étaient contre lui, il s'est senti abandonné, personne ne le croyait. Personne n'a eu les mots ou les gestes pour le sauver. Même pas nous ! Il passait de l'euphorie à la détresse la plus profonde, agressif, enragé ou alors triste et soumis. Nous pensions que son séjour à l'hôpital pourrait le rééquilibrer, mais c'était une erreur. En fait, il avait besoin des siens, de ceux qui l'aimaient, de tendresse, de vérité, d'amour. Il pleurait énormément, il était face à un mur qu'il ne pourrait plus franchir. Catherine l'a vraiment rendu fou. Elle était forte, elle t'avait toi et elle était très riche. Ses avocats faisaient ce qu'elle désirait. Endetté jusqu'aux os, Pierre a vendu sa maison. Il parlait de t'enlever et de t'emmener en Australie pour tout recommencer avec toi. Mais son énergie s'envolait avec son argent et sa lucidité. À contrecœur il a accepté la décision de sa dernière maîtresse, mais il avait compris qu'elle prenait le même chemin que Catherine. Il était le prisonnier de deux femmes égoïstes et cruelles, qui l'ont achevé sans aucun remords.

— C'est la haine ou la colère qui te fait dire cela ?

— Non, c'est ma vérité et la sienne. Nous avons vécu trente-cinq ans l'un à côté de l'autre. Tout partagé. Personne ne le connaissait mieux que moi, même si nos existences étaient diamétralement opposées, quelque part nous ne formions qu'un.

Je n'étais inondé que de chagrin, rien ne m'atteignait. Il était parti. C'était inacceptable. Après, la haine et la colère m'ont habité quand j'ai lu et entendu les propos de ces deux demoiselles... Ce n'était plus un suicide, c'était un assassinat. Pierre mourait une seconde fois. Et puis notre philosophie a fait son chemin au milieu du temps qui passe et cette haine s'est transformée en mépris, pour ne plus devenir que de l'indifférence...

— Et la justice alors ? Il faut des preuves pour accuser quelqu'un, pour le punir !

— La justice est pour les riches. Pierre avait des preuves, des vraies preuves qui n'ont servi à rien.

Je ne peux que soupirer. Je les ai remués dans ce passé douloureux mijotant dans le fond de leur ventre. Marion, silencieuse auditrice, reste invisible sur sa chaise. Elle est ailleurs, écartée de la conversation, écartée de moi. François se lève, et pose ses mains sur les documents et objets dormant au bout de la table en me disant qu'ils me reviennent aujourd'hui. Ce sont les différents dossiers d'avocats, ainsi que trois livrets qui me sont destinés. Quelques films enregistrés sur leur caméra où je retrouverai mon papa tel qu'il était « avant », d'autres cassettes lui appartenant, des photos, deux bagues, une montre, une carte d'identité...

— Je te promets d'autres découvertes assez déconcertantes, mais c'est maintenant mon sale boulot de frère qui m'y oblige... C'était un pacte entre nous. Je ne peux renier ma parole. J'espère que tu nous pardonneras.

Ça, c'est pour être sûr que je ne les cale pas dans un grenier qu'il me sort une chose pareille ! Que pourrait-il y avoir de plus déconcertant que tout ce que je viens d'entendre ?

Finalement, je n'ai pas de question. Ils m'ont donné un résumé concret, la lecture me donnera les détails. Pour l'instant j'ai ma dose de négative attitude. Mon boulet a repris sa place dans mon corps qui se meurtrit d'« invécu ». Lasse, la bouche pâteuse, un mal-être s'empare de moi. Je dois bouger un peu. Dans le jardin sans un souffle de vent, la douce chaleur de leur été me caresse les épaules. À mon passage, les cintres nus sur la corde à linge commencent à se balancer. Encore toi, papa ? Cela me fait sourire, cela ne m'effraie plus. Je construis probablement ce tissu de messages à des fins utiles... Probablement pour me dégager de l'ignorance et de la légèreté dans lesquelles j'ai nagé comme un poisson dans l'eau pendant vingt-trois ans. À mille lieues d'un homme que je n'ai pas pu aimer... Je ne peux rien rattraper, rien changer. Et je trouve cela trop moche ! Ma mère ! Je refuse d'imaginer que ses actes soient délibérés. Je n'ai pas grandi aux côtés d'une méchante sorcière. Elle n'était pas ma fée bleue mais elle était gentille et douce dans mes souvenirs... Non, je ne peux pas, je ne veux pas y croire. Marion vient à mon secours bien que je ne me noie pas.

— Ça va ?

— Oui, et toi ?

— Ben... oui !

Maya et son François décident de nous faire visiter Bruxelles. Bonne idée ! Retour à la gaîté, à la bonne humeur. Nous visitons la célèbre Grand-Place où je caresse la fameuse main de bronze. Je fais mon vœu.

Nous passons par le « petit Julien » qui fait pipi sans s'arrêter et dans les boutiques typiques des capitales. Une expo Jacques Brel que mon père vénérait, mais qui n'aime pas Brel ? « La Monnaie », endroit mythique où Pierre Vaumont a fait un tabac à l'époque. Les huîtres au comptoir de la petite rue des bouchers et le petit vin blanc qui nous fait tourner la tête en plein soleil... La soirée nous entraîne dans les sensations fortes de la foire de Bruxelles. Je me fais prier. Je déteste les foires. Mais bon, il y a des soirs où il faut savoir composer. Ma tendance snob en veilleuse, je capitule. De la catapulte aux montagnes russes, nous naviguons à une vitesse d'enfer qui me donne envie de vomir. Je dénigre les succulents beignets que Maya dévore bouillants, même les frites mayonnaise de Marion me donnent la nausée. Nous rentrons au bercail les bras chargés de bricoles et de gourmandises. L'estomac en compote, je m'abstiens de penser aux odeurs qui m'assaillent dans cette voiture pour me ruer aux toilettes de la maison qui dégagent un parfum de lavande. C'est trop ! Décomposée, je me mets à l'eau plate. Pour faire plaisir aux plus jeunes qui eux aussi sont rentrés d'une journée sportive, j'accepte un Trivial Poursuite. On joue en équipes. Très bien ! Marion lit les questions, cela m'évite d'ouvrir la bouche trop souvent. J'ai trop mal au ventre ! Plus jamais on ne m'aura sur ces engins ! Même rigoler me tord les boyaux. Très drôle, en effet !

Après notre défaite, nous allons nous coucher sans regrets pour ma part. Marion espère un peu de tendresse et de chaleur humaine, mais je la délaisse froidement pour me réconcilier avec mes aigreurs. Naturellement, je rêve de chariots volant dans les airs.

Mon père est à mes côtés et s'éclate les bras ouverts alors que je m'agrippe vainement à une barre de sécurité qui ne fonctionne pas. Je m'accroche à lui pour ne pas tomber mais il me lâche et je tourbillonne dans le vide pour atterrir sur le manège des chevaux de bois où les rires et les pleurs tonitruants des enfants m'assassinent les oreilles. Je hurle à mon tour sans un son... J'aperçois Marion au loin qui me fait un signe de la main.

« Virna, Virna, qu'est-ce qui se passe ? »

Son visage inquiet me sort de ma torpeur. Putain, quel cauchemar ! Je suis en eau ! Elle caresse doucement mes cheveux poisseux et m'annonce que tout va bien. Oui, tout va bien. Je reprends mes marques dans la chambre. Tout est en place. Mon estomac a passé le relais à mon crâne qui exige un remède d'urgence. À deux cette fois, nous descendons dans la cuisine à la recherche d'aspirine. Il y a une boîte à pharmacie au-dessus du frigo, que j'avais repérée à notre arrivée. Les cachets tombent dans mon ventre vide comme des cailloux dans un puits, mais ma tête me remercie déjà. Elle a encore du boulot en prévision. Marion fume. Je vois mon colis toujours sur la table. Je le prends, il ne faut pas que je l'oublie, celui-là. L'enveloppe de photos m'attire, donc je les regarde les unes après les autres.

La première série, c'est lui et moi. Il barbotte avec bébé Virna dans une piscine de jardin. Plus loin, je défile déjà dans de jolies robes aux couleurs tendres, toujours dans ses bras avec des bisous et des bisous. Marion nous trouve adorables. Je ne me souviens pas. C'est dommage. J'aimerais tant ! Passons à la deuxième série. Je ravale ma nostalgie, Marion sa compassion. La femme blottie dans les bras de mon gentil papa n'est autre que la mère de Marion ! Les mots ne viennent pas. Je rêve encore ? Qu'est-ce qui m'arrive ? Marion pareil, la bouche ouverte, les yeux exorbités, sa cigarette s'effondre dans le cendrier. Nous sommes muettes, stupéfaites, défaites. Comment expliquer mon sentiment ? Mon cœur bat la chamade, je vais devenir folle. Il faut que je sorte, j'étouffe ici. Je marche d'un pas haletant dans ce jardin normalement apaisant. Je retrouve ma voix et engueule mon invisible père en sourdine.

— Qu'est-ce que tu me fais là ? Mais qu'est-ce que tu me fais ? Espèce de salaud !

Je sanglote comme une idiote. Je suis malheureuse. Je me demande pourquoi finalement. C'était elle, la femme des « manques » ! Et alors ? Et alors je baise avec ma sœur ! Quelle connerie ! Merde ! Putain ! J'en ai marre. Mon seau vidé je rentre en reniflant. Marion est toujours là, stoïque. Elle fume encore.

— J'ose espérer que tu ignorais tout cela ?

Pourquoi j'ai un doute soudain ? Tout le monde me rattrape au tournant. Je ne sais plus ce que je dis. Putain quelle merde ! Marion me lance un regard désabusé.

« Je n'y comprends rien. »

J'entame la troisième série. Des photos en noir et blanc. Plutôt noir. Des gros plans de mon père décharné. Il a perdu de sa superbe. Son sourire est forcé, son visage marqué, le teint blafard, l'œil angoissé. L'approche de la fin du calvaire ? Je reviens sur la série de la femme. Solange, elle s'appelle. Son petit ventre arrondi ne laisse planer aucun doute. C'est Marion qui est dedans. Marion Dewaire, pas Marion Vaumont. Pourquoi ? Si je suis les informations de mon oncle, elle n'aurait donc pas eu gain de cause pour lui offrir le nom du père ? Il faut que j'éclaire tout cela. Marion reste silencieuse sur sa chaise avec ses cigarettes qu'elle fume comme des cacahuètes. Moi, j'attends le matin en me cassant ma french manucure artificielle.

Je me suis assoupie dans le canapé. C'est François qui descend le premier. Ma migraine a disparu mais j'ai la tête enflée par tout ce qui s'y promène et s'y bouscule à l'intérieur. Marion a disparu.

— Vous vous êtes disputées ou tu fais une allergie à ta chambre, pour avoir dormi ici ?

Mes yeux hagards lui en disent long, c'est clair.

— On a vu les photos.

— Ah ! D'accord, j'ai compris.

— Pourquoi tu ne m'en as pas parlé, bordel ?

— Comment voulais-tu que je te le dise ?

— Quelle honte !

Il s'accroupit près de moi et m'oblige à tenir son regard franc.

— J'en suis navré, mais Marion était la dernière personne que l'on s'attendait à rencontrer. C'est une horrible coïncidence. Elle est le portrait craché de sa mère. Tous l'ont remarqué et tous se sont tus. La lâcheté était la solution la plus simple dans l'immédiat. Solange, sa mère, nous a fait souffrir autant que la tienne, si pas plus. Nous n'étions pas préparés à replonger dans cette mélasse qui nous a pourri la vie pendant trop longtemps. Nous avons décidé de faire le vide et de laisser venir. Marion, c'est ton histoire, pas la nôtre, plus la nôtre.

— Elle ne porte pas mon nom, mon père a refusé de la reconnaître ?

— Ton père est mort avant sa naissance, il a été incinéré. Aucune preuve de sa paternité, même posthume, n'a été possible. Solange n'était pas aussi sage qu'elle en avait l'air. Elle s'est vantée d'avoir eu plusieurs amants pendant leurs innombrables ruptures, tout comme d'avoir quelques pères potentiels pour accueillir le bébé comme le leur. Vérité ou mensonge, on ne le saura jamais. Mais cela nous a permis de douter par la suite, vu la tournure des événements. Cette femme est capable du pire.

Si je peux te donner un conseil : méfie-t-en !

— Je vais rentrer chez moi.

— C'est toi qui décides.

Je monte préparer mes affaires et ne m'étonne pas de trouver la chambre vide. Marion a profité de mon sommeil (c'est tout ?) pour partir. J'embrasse François qui m'a entouré de toute son affection pendant mon séjour malheureusement écourté, mais je dois m'en aller. Je lui confie des baisers pour les siens que j'aime tendrement et qui me manqueront, c'est sûr. Je lui promets de revenir... et pars seule dans ma voiture sans me retourner. C'est pathétique !

La route est tranquille, j'ai tout mon temps pour réfléchir. Je suis le dindon d'une méchante farce. Voilà ma conclusion. Est-ce pour un épisode aussi navrant que mon cher papa s'est rappelé à mon bon souvenir ? Quel bluff ! J'arrive à Paris et reprends pied dans mon appartement. J'aère. Nos odeurs mélangées ne m'émeuvent plus et puis, elles sont anciennes. C'est déjà du passé tout cela. À corps perdu, je me lance dans un nettoyage total ! Je dois mettre un coup de frais dans ma vie. C'est plus que nécessaire, concrètement et psychologiquement. Je change mes meubles de place, range mes armoires avec une énergie effrénée, jette mes produits périmés et passe un grand coup de torchon sur mon carrelage magnifique ! Voilà, la fée du logis est passée et ma déprime aussi. N'exagérons pas. Je ne pète pas vraiment la forme mais mon tonus me pousse dans le dos pour y parvenir. Je sais que les jours prochains ne seront pas des heures de fous rires, mais j'ai bien l'intention de rester lucide et droite. Je sors manger un plat chinois chez Kim, le traiteur du coin, qui me narre les derniers potins. Comme ils sont légers, s'il savait les miens !... Après, je me tape le Trocadéro à pattes. C'est beau Paris la nuit ! Je ne m'en lasserai jamais, je crois. Sa poussière, ses brasseries bondées à toute heure, ses passants, ses amoureux, ses ponts, ses monuments, ses klaxons, c'est une ville active, comme moi.

Le lendemain, je me lève tôt. Je me sens seule, mais c'est mieux. J'ai besoin de ma solitude pour éclaircir mes projets. Je grignote quelques céréales et branche mon magnéto. Je visionne les cassettes sans vouloir m'attendrir. J'y vois mon père à toutes les sauces. Joyeux, faisant le pitre exactement comme mon cousin Jean l'avait reproduit. Drôle et heureux avec les siens dans la maison de Damazan. Jouant au ping-pong, à la pétanque, au foot dans le grand jardin. Barbecue sous le cerisier, le vin les faisant tous chanter... Une autre me le dépeint complètement béat. Je suis près de lui dans la petite piscine, entourée d'autres gens que je ne connais pas.

Tout le monde s'extasie sur cette adorable,

mignonne, coquine, coquette, ravissante, sage Virna. J'étais à croquer, je l'avoue. Quelle fierté, il a pris son temps, mais quelle réussite ! Enfin bon, un père quoi ! Je passe à la suivante, moins reluisante. J'entends mes gargouillis en fond et sa voix devant qui me fait visiter une maison. Il m'adresse tous ses commentaires. « Voilà ta jolie place de jeux, ta chambre, ta salle de bain privée, ton bureau pour quand tu seras grande... tout cela était pour toi *mamour*, mais ta maman a tout gâché. Nous n'habiterons jamais cette maison ensemble... » Sa respiration est forte, haletante. S'il filme en me portant à bout de bras d'accord, mais le ton de sa voix est méprisant.

Je suis déçue. C'est plat et de mauvais goût. Je commençais à tomber sous son charme et voilà qu'il me désarme ! Après cet instant mémorable, il me fait pleurer bruyamment en m'annonçant le retour chez maman. Je crie entre mes larmes des « non, pas maman, papa, papa papa ! ». Je suis inconsolable, il me rassure dans un sanglot de promesses. Coupé ! Je voudrais me prendre dans mes bras et me bercer de câlins. C'est probablement ce qu'il a dû faire... Là, ça commence à être douloureux. Le chagrin c'est contagieux. Les autres cassettes sont des parties de spectacles, de répétitions, d'interviews. Quel homme ! Quelle voix ! Quel talent ! Quelle passion ! Et ma mère aurait cassé tout cela ? J'ai peine à l'imaginer, il dégage tellement de force de caractère, d'autorité, de présence... Un peu dictateur sur les bords. Trop de personnalité, d'authenticité, de rigueur. Pas spécialement aisé de marcher à ses côtés au quotidien. Logique ! Un roi sur un échiquier. C'est donc la reine qui l'a mis en échec ? C'était une mauvaise partie. Mais il y a toujours une revanche dans ces jeux- là !

Serait-ce Solange qui a gagné la « belle » ?

Moi je joue à colin-maillard et je tourne dans le vide, les yeux bandés. Tout m'échappe et je confonds tout. Et Marion dans tout cela ? Fait-elle partie du complot ou est-elle une innocente victime au même titre que moi ? Son évaporation m'exaspère, mes sentiments sont en apesanteur.

Je poursuis ma quête de vérité. J'entre dans les carnets, mon courrier personnel, mon héritage...

Ma fille d'amour,

Tu es partie hier soir avec ta maman dans ton appartement de Paris, comme tu dis si joliment, et le vide que tu laisses autour de moi est vertigineux, comme si l'on m'arrachait le cœur... Je peux te voir trois jours toutes les deux semaines... Aujourd'hui je veux t'expliquer ton histoire, vue de mon côté, et ce que j'ai vécu. Évidemment, ce qui va suivre est ma version. Mais je te promets d'être le plus intègre et le plus juste possible...

... Les deux années qui précédèrent ta naissance furent très belles en ce qui me concerne, je travaillais bien et souvent. Je gagnais bien ma vie, ce qui me permettait un confort et une générosité facile et agréable... Ta mère semblait vivre totalement autrement. J'ai compris qu'elle avait un rythme bien à elle (pour ne pas dire lent, extrêmement lent). Mais bon, je l'aimais et puis moi j'avais mon rythme (plutôt speed) organisé et pratique... Finalement, tout cela pouvait bien se compléter. Ta mère ayant hérité d'une fortune considérable (tout est relatif), j'avais l'impression qu'il aurait fallu plusieurs générations de flambeurs pour arriver à dilapider tout cet argent... Tu as dû te rendre compte dans ta propre relation avec elle que le temps entre le « Je vais » et « J'ai fait » pouvait être extrêmement

long, or comme j'étais plutôt du genre « J'ai fait », des tensions minimes s'installèrent insidieusement entre nous. Après d'innombrables conversations, vu la réticence de ta mère à utiliser sa carte bancaire, nous entreprîmes de rénover l'appartement pour éventuellement le vendre et acheter une grande maison pour nous trois...

Petit amour d'amour,

Voici deux jours que je suis dans une « maison de santé », je dirais plutôt une prison médicalisée. Comme depuis la séparation d'avec ta mère je ne travaille plus, tout mon argent est parti en avocats et frais pour la maison, je n'ai plus droit au chômage, je suis tout doucement tombé en dépression. Cependant je te parle au téléphone, et invariablement tu me demandes de venir dans la maison de papa... Nos conversations sont hélas fort courtes... Je ne suis pas certain que ce séjour psychiatrique tellement attendu par ta mère afin de prouver mon déséquilibre me fasse du bien...

Aujourd'hui j'attends désespérément ton appel. N'ayant pu t'avoir hier, c'est encore moi qui appelle ta mère qui, une fois de plus, me dit que tu regardes la télévision... C'était un accord entre elle et moi de me permettre de t'entendre une petite fois par jour, mais elle se dit débordée et ne trouve pas trente secondes pour composer mon numéro de téléphone. C'est moi qui appelle, et je tombe toujours mal, en plein repas, en sieste ou autre chose. Donc tu ne me parles pas. Alors la conversation s'arrête très vite et je raccroche sans que ta mère ne se soit inquiétée un instant de mon état. Bref, une étrangère !!! Quelques mois avant ta naissance nous avions passé de magnifiques vacances chez des amis, ta mère était détendue, souriante, heureuse. Ces instants magiques furent hélas les derniers.

Catherine ne voulait plus faire l'amour, de peur de

provoquer un accouchement prématuré. J'ai respecté sa décision et puis j'avais beaucoup de travail à cette époque. Mais j'ai eu la chance de pouvoir assister à ta venue au monde... Tu étais encore reliée au cordon ombilical que je te reçus en premier dans mes bras. Dès tes premiers cris je te chantai doucement une chanson... déjà une complicité incroyable s'installait...

À partir de cet instant, toute manifestation normale et habituelle chez un bébé ne passa sans hyper inquiétude de la part de ta mère. Plus jamais détendue, peur de tout, que je te prenne dans les bras, que je te donne le bain, etc. etc. Nous nous accrochâmes dès les premiers jours de retour à la maison. Elle surchauffait toutes les pièces à 24 degrés minimum, t'habillait comme au pôle nord et repassait après moi pour réinstaller son système de protection intensif. J'étais humilié... Insidieusement, ta mère s'est écartée de toutes les personnes qui étaient ou auraient pu être en accord avec moi sur certains sujets... Elle ne voulait rien entendre, elle disait toujours « oui mais Virna est différente ». Son anxiété était envahissante. Elle ne voulait toujours plus faire l'amour. Elle ne voulait plus rien faire du tout, en fait. C'était moi qui m'occupais des courses, des repas, de tout quand j'étais présent...

Voilà encore deux jours que je n'ai pas de tes nouvelles. Il a donc fallu une fois de plus que ce soit moi qui appelle pour m'entendre dire que tu n'es jamais là ! Toute la mauvaise foi personnifiée ! Finalement je t'ai enfin au téléphone, j'essaye de te faire comprendre que je ne t'abandonne pas, mais peux-tu le comprendre ? Là-dessus elle t'arrache le téléphone et notre conversation s'arrête là.

Pas très longtemps après ta naissance, ta mère décidait d'engager une baby-sitter à plein temps. Elle ne travaillait pas, mais elle était toujours débordée... Mariza, qui débarquait à Paris et qui parlait à peine le français, fut choisie. Ce qui fait que nous n'étions plus jamais seuls à trois. Quand je voulais sortir te promener, ta mère m'imposait Mariza, je n'avais rien à dire. Pendant ce temps-là, nous ne sommes jamais sortis ensemble le soir, pas un dîner, pas un cinéma, pas un théâtre. Rien. Elle était fatiguée... Six mois d'abstinence...

Nous partîmes en vacances chez mes amis, où tu te révélas curieuse de tout et de tous. Ouverte, joyeuse, coquine, précieuse et douce à la fois... Je faisais partie de l'intendance, j'étais le petit serviteur chinois. Je lui ai plusieurs fois fait part de mes sentiments, de mes désirs, mais rien n'y fit. Elle restait de marbre. Tu étais devenue sa propriété et elle reportait sur moi son incapacité à elle à s'occuper de toi seule et sans domestiques. Entre temps mon père mourut. Tu ne l'as hélas pas connu. C'était un homme fougueux, fou parfois, excessivement drôle, aussi amusant que colérique, passionné de théâtre et d'histoire (surtout celle des rois de France). Bref, un monsieur d'un autre siècle... Là encore, je ne me sentis pas particulièrement soutenu par ta mère. Eh oui, il y avait des travaux à faire dans la nouvelle maison... Cela faisait trois mois que je n'avais plus de travail en vue. Moi, l'argent, je le gagnais en travaillant et mon capital commençait à chuter d'une manière vertigineuse, parce que j'assumais la majorité des frais familiaux. Quand je lui fis part de mes déboires financiers, sa seule réponse fut : « Ce n'est pas mon problème ! » avec le calme que tu dois lui connaître. J'ai piqué une colère...

Cela fait quelques jours que j'ai délaissé ce cahier pour m'occuper de ma santé mentale qui tout doucement se remue dans la bonne voie. J'ai pu enfin te voir, partager ton après-midi avec Mariza, ta maman travaillait et j'ai pu profiter pleinement de toi pendant ces deux heures... Tu pleures quand il me faut partir. J'ai moi aussi du mal à retenir mes larmes. Je te serre très fort dans mes bras en te faisant des promesses que j'espère pouvoir tenir... Je t'appelle dès mon retour pour te dire que je ne t'oublie pas, que je pense à toi sans arrêt, mais tu ne comprends pas ce papa qui ne vient plus te voir que quelques instants et qui s'en va en te laissant avec ta baby-sitter. Là encore je me maudis, ce n'est pas cette vie-là dont j'avais rêvé pour toi. Tu es si désemparée... J'ai tellement envie d'être près de toi...

Cela fait trois jours que je viens chez ta maman vers quatre heures et que je suis là quand tu te réveilles de ta sieste. La maison est envahie de domestiques qui font le ménage, la cuisine, qui s'occupent de toi. Enfin bref, nous prenons notre goûter ensemble, nous allons nous promener, faire du manège, manger des glaces ou des gaufres... C'est merveilleux... Je fais part à ta mère de mon désir de t'emmener chez moi dans ma maison pour y passer la nuit. Eh bien elle s'y oppose naturellement. Elle veut une conversation avec mon médecin et exige une preuve écrite affirmant que je suis capable de m'occuper de toi pendant 24 heures ! Elle a vraiment décidé de m'emmerder jusqu'au bout...

Le docteur me fait sans problème mon certificat attestant que « L'état de santé de monsieur Vaumont Pierre est actuellement compatible avec tous actes de la vie civile, familiale et professionnelle. » Me voilà heureux d'avoir en main ce papier. J'appelle ta mère pour lui dire que je viens te chercher. Elle me dit que ce n'est pas possible, que cela ne se passe pas comme ça, et que vu que j'ai pu passer quelques heures avec toi la semaine qui précédait il était hors de question que tu passes le week-end avec moi ! Je vais quand même sonner chez elle qui me répond que vous êtes sorties en promenade, Mariza et toi. Je lui dis que j'attendrai votre retour et elle m'annonce que finalement tu es allée passer la journée chez des petites copines. Évidemment, je n'en crois pas un mot, mais je n'ai d'autre solution que de lui laisser la lettre du médecin dans sa boîte aux lettres puisqu'elle ne daigne même pas me laisser la lui remettre en mains propres. Je rentre chez moi seul, mais je décide de rester fort et de me convaincre que j'ai raison de vouloir me battre pour avoir ma place de père dans ta vie... Dans les dossiers d'avocats tu trouveras des témoignages. Lis bien ces lettres car elles viennent aussi de personnes qui aimaient ta mère avant même de me connaître. Elles sont scandalisées de la façon unilatérale dont ta mère décide de ce qui est bon ou pas pour toi. J'ai essayé de te téléphoner plus d'une vingtaine de fois mais personne ne décroche, malgré les messages répétés demandant de me rappeler. On ne veut décidément pas que tu me parles. De quel droit !!!...

Le juge a décidé que je pourrai venir te chercher jeudi et que nous passerons trois jours ensemble chez moi dans la maison de ton papa. Je suis heureux ! Je profite des quelques jours qui nous séparent pour aller chez François et Maya. Que c'est bon de voir les gens qu'on aime. Dès mon arrivée, Sacha et Hortense me demandent où tu es. Et moi de répondre que tu es à Paris avec ta maman ! Eux aussi ils ont du mal à comprendre, confusion totale pour tout ce petit monde. Maya et François m'entourent de leur affection, me posant beaucoup de questions. Alors je raconte, je raconte...

Eh bien non, je n'ai pas pu, même te voir. Ta mère m'a appelé jeudi matin pour me dire que finalement il n'était pas question que je puisse te prendre pour le week-end. Elle prétend que je ne suis pas prêt mentalement. Je deviens agressif. Elle me dit que si nous sommes dans cette situation c'est à cause de moi ! Je décide alors de venir quand même au moins pour te voir. J'arrive vers 16 heures 15 et je sonne, je sonne. Personne ne répond. J'appelle ta mère au téléphone, personne. Sur son portable, pas de réponse. J'appelle celui de Mariza, pas de réponse. Il fait 3 degrés dehors mais je décide d'attendre au coin de la rue. J'appelle mon avocat qui me conseille de ne pas porter plainte pour « non-présentation de l'enfant », alors qu'il y a eu un accord pour un séjour du jeudi au dimanche une fois tous les quinze jours. Je crois bien que ta mère cherche à me pousser à bout, pour que je fasse une bêtise qui lui permettrait de dire « Vous voyez, j'avais raison ». Mais pour le moment malgré les dettes, la solitude et sans travail, je tiens, je résiste, mais combien de temps encore pourrai-je tenir ? La maison reçoit beaucoup de visites depuis la mise en vente, mais personne encore ne m'a fait d'offre d'achat, et mon maigre capital fond comme neige au soleil. Je continue mes appels et mes messages disant que tu n'as pas à être punie pour les problèmes entre nous.

L'été arrive. Ta mère t'emmène avec Mariza en vacances pendant un mois entier. J'ai pu te parler quelques fois au téléphone... À mon tour je lui demande ma part de toi pour les vacances. La condition fut qu'il me serait permis de partir 10 jours avec toi si je prenais Mariza avec moi comme « substitut maternel » !!! Nous partions chez mon ami de toujours, Paul qui nous a reçus les bras ouverts comme toujours. Il tombe évidemment des nues, mais il accepte mon arrivée avec Mariza. Il m'aime tant et il a tellement envie de te revoir. Tu découvres les joies de la piscine, tu es heureuse, tu t'amuses avec les autres enfants, c'est un bonheur inoubliable. Il y a des images de ces moments magnifiques. Le soir même je téléphone à ta mère pour que tu puisses lui raconter ta première leçon de natation... et au lieu d'une réponse, son discours n'est rien qu'inquiétude, angoisses et peurs. Elle me prend pour un fou furieux, un inconscient. Elle en arrive même à me casser ma joie et ma fierté de t'avoir fait découvrir une nouvelle sensation. Tu étais tellement enthousiaste que cela me réconfortait finalement et ma joie revenait immédiatement. Mais ta mère n'était qu'à moitié rassurée et après elle téléphonait à Mariza pendant de longues minutes, lui posant mille questions... Il faut dire que je faisais en sorte qu'elle s'occupe de toi le moins possible pour que nous puissions toi et moi commencer à bâtir *une relation privilégiée... Ce furent des vacances de rêve... J'espère que tu auras pu voir les images de cette époque-là, elles sont si drôles, si tendres et cocasses, que parfois quand la solitude me pèse et que je ne t'ai pas vue depuis longtemps comme en ce moment je me les repasse tout seul et cela me donne du courage... Il faut maintenant que tu saches quelque chose, qui me perturbe très fort.*

Avant de quitter ta mère, j'ai eu une aventure avec une très jeune fille. Peut-être t'en souviens-tu... Solange. Au début, ce n'était que pour assouvir mes besoins physiques, que ta mère ne me donnait plus. On se voyait de temps en temps l'après-midi, des moments courts mais forts pour moi car par l'acte sexuel, j'avais l'impression de reprendre un peu de vie... Et malheureusement, nous nous vîmes plus souvent...

Voilà encore trois jours que je passe sans avoir de tes nouvelles. J'obtiens finalement une réponse à mes appels. J'entends ta voix, tu me parles si tendrement, des « je t'aime papa, moi je veux aller dans tes bras papa... », je te réponds que tu es dans mon cœur et moi dans le tien pour toujours... Mais on doit te montrer une mousse au chocolat pour détourner ton attention et je n'arrive plus à t'arracher un mot... Ta mère revient à la charge, j'essaie vainement de lui expliquer ce que j'endure seul, dans cette maison où dans chaque endroit, tu as laissé des souvenirs qui me font encore plus résonner ton absence. Je n'ai plus que des idées noires, en finir avec cette souffrance, je n'arrive pas à m'en foutre de ne plus te voir... Je n'ai plus de force, plus de courage, plus d'envies... Puisses-tu trouver, toi, le courage que je n'ai pas eu. D'abord celui de me pardonner ma faiblesse, ma lâcheté... Tu es la seule véritable joie que j'ai eu dans ma vie, avec la complicité sans faille que j'ai eu aussi avec mon frère François. Et je sais que si je meurs, vous serez, tous les deux, les victimes les plus touchées par ma mort. Mon frère et Maya pourront te dire tout ce qui me restait à te dire. Ils sont loyaux, et ils te diront aussi ce qui n'était pas bien chez moi... Adieu, mon Amour. Pourvu que je ne me rate pas.

Eh bien voilà, la mort n'a pas voulu de moi. Je me souviens de m'être garé sur une aire de repos. J'ai commencé à avaler tous les médicaments qui me restaient et je me suis endormi curieusement, sereinement. Et puis plus rien, je me suis réveillé dans un lit d'hôpital. On m'a retrouvé par terre sur l'aire de l'autoroute. J'ai commis l'irréparable. J'ai mis une pagaille monumentale dans la famille. Mon frère est très fâché et triste. Il dit avec raison que j'ai commis un acte égoïste... Quelque chose d'indéfinissable, un lien invisible mais si fort, que j'ai voulu et failli rompre me donne la sensation d'être pire qu'un meurtrier. Et voilà que je retrouve la maison de santé que j'avais quittée si sûr de moi. Mais sans doute pas assez pour affronter la cruauté de ta mère qui refuse que je te voie malgré mon certificat médical et la baby-sitter que j'avais engagée pour le week-end. Elle t'a emmenée pour que je ne puisse même pas t'apercevoir... Sans doute vais-je payer longtemps pour cet acte horrible et injuste vis à vis de toi. Je partage en ce moment une chambre avec un homme d'une cinquantaine d'années. Très gentil, ouvert. Il n'y a qu'un souci, il ronfle comme un ogre dès qu'il s'endort... J'ai donc tout le temps de te parler de Solange... Quand tu as fait sa connaissance, le courant est passé directement. Des rires, des jeux et des câlins à n'en plus finir... Elle était jeune, 23 ans, et l'affection qu'elle avait pour toi me rassurait beaucoup. Elle ne voulait pas d'enfant, elle adorait ceux des autres. Quelque part j'étais tranquille, vu ce que je vivais avec ta mère et toi, je ne pensais pas à te faire un petit frère ou une petite sœur... À ce moment- là j'avais beaucoup de succès dans mon travail. Ta mère rencontra Solange et l'accepta d'emblée. Comme soulagée que tu ne sois plus seule avec moi lors des visites. N'importe quelle mère n'aurait pas trop apprécié de voir une nouvelle femme dans la vie du père de son enfant, mais ta mère avait si peu confiance en moi qu'elle préférait encore me savoir avec Solange... Nous passâmes donc plusieurs week-ends ensemble. Parfois avec Solange, parfois à nous deux. Des jeux dans les bois ou dans des plaines d'intérieur, ou encore dans le parc pour enfants près de chez mon frère où nous allions avec Sacha, Hortense et Stanislas... Que de rires, que de joies...

Pour les vacances, nous sommes allés au tribunal, vu que ta mère s'opposait formellement à ma proposition... Et là, en toute logique j'ai obtenu quinze jours en juillet, et quinze en août, avec toi... Nous les passâmes en partie à Damazan, et l'autre partie dans la maison de campagne de mon ami Bellon. Puis tu es allée en Normandie avec ta maman, et pour la dernière quinzaine d'août, nous partîmes chez Paul, au soleil... Quel bonheur de t'avoir toute à moi ! Des vacances de rêve... Tu étais à croquer, douce et câline avec tout le monde... Pendant la période de juillet, Solange est restée quelques jours avec nous, mais nous nous sommes disputés.

Un matin elle partit en me disant que je ne la respectais pas, qu'elle avait l'impression d'être une baby-sitter, et que quand tu étais avec moi, plus rien d'autre n'existait... Elle trouvait que je lui parlais comme à une gamine (nous avions quinze ans d'écart) et elle ne le supportait plus, elle ne me supportait plus ! Bref, elle ne voulait plus entendre parler de moi et elle claqua la porte... Nous nous étions déjà souvent disputés, mais l'attirance physique que j'avais pour elle m'électrisait, et je finissais toujours par craquer. Dans les bras l'un de l'autre, dans de folles étreintes amoureuses et chaudement passionnées... Mais au moment du réveil on se parlait peu. Les journées commençaient toujours mal, quasiment pas de communication entre nous. Nous nous quittions souvent sans savoir quand nous nous reverrions...

C'était surtout les nuits que nous nous retrouvions chez elle ou chez moi. Son départ me laissait un certain pincement au cœur, pour moi d'abord qui l'avais dans la peau, et puis surtout pour toi, qui avais déjà tissé de belles complicités avec elle... Mais tu commençais à comprendre qu'elle n'était pas là tout le temps... Nous étions donc chez mon ami Paul pour la fin de nos vacances qui passaient paisiblement. C'est à cette période que j'avais démissionné de mon poste de directeur artistique à l'opéra de Paris. Des divergences de vues trop importantes avec le directeur général me poussèrent à prendre cette décision... J'avais des soucis financiers. Cela faisait un an et demi que je ne travaillais plus, je remboursais toujours ma maison de Paris, mon capital maigrissait à vue d'œil ! Je commençais à appréhender le futur avec quelques angoisses, je n'avais jusqu'alors jamais manqué de rien... C'est alors que deux jours avant la fin des vacances, Solange réapparut par S.M.S. téléphonique « S.O.S. Rappelle-moi d'urgence, il faut que je te parle. » Je saute sur mon téléphone et là, je reçois le plus gros coup de poing dans la gueule, le cœur, le foie et l'estomac. Je reste sans voix dix bonnes secondes... « Mes règles sont en retard, j'ai fait un test, il est positif, je suis enceinte » !!! Je lui demande ce qu'elle compte faire, elle qui ne voulait pas d'enfant. Je lui parle d'avortement. « Tu comprends bien que vu ma situation avec Virna et sa mère, ainsi que l'état de notre relation, je ne crois pas que ce soit intelligent de le garder ». Elle ne sait pas quoi faire, elle espérait que je le prendrais autrement ! Et elle raccroche. Paul arrive près de moi, me voit totalement déconfit, les yeux pleins de larmes. Je ne peux pas ne pas le mettre dans la confidence, il est un peu comme mon deuxième père... Il me conseille de rentrer plus tôt pour essayer de convaincre Solange d'avorter. Je roulai très prudemment pour rentrer, croyant que le sort commençait à s'acharner sur nous, sur moi...

Comme la vie est curieuse, je sors d'un des épisodes les plus noirs de ma vie, je suis dans la maison de santé, toujours un peu coupable, et hier dimanche, mon agent que je n'ai quasiment plus eu au téléphone depuis des mois, m'appelle. Il a du boulot pour moi. Je suis tout excité, me disant que c'est une chance inouïe pour moi, artistiquement, financièrement et mentalement. De me sortir de cette spirale dans laquelle je me suis engouffré peu à peu, jusqu'à presque mort... Mon docteur me donne carte blanche du moment que je l'appelle avant de partir et que je rentre dormir à l'hôpital. Je récupère ma voiture chez les gendarmes, je passe par la maison et je cours t'acheter des cadeaux, et je passe chez ta mère te faire la surprise. Tu me sautes dans les bras, me couvres de baisers. Nous regardons « Le livre de la jungle », ton film préféré, ensemble... On ne se lâche pas d'un poil. Tu te blottis dans mes bras et je profite de ta chaleur, de ton odeur, de ta douceur... Et cette heure passe en cinq minutes. Tu ne veux pas me laisser partir, et tu te mets à pleurer. Je te serre dans mes bras et te promets de revenir bientôt... Dans ma chambre que j'ai réintégrée à l'hôpital, je me couche en pensant à toi. Solange, que je n'ai plus vue ni entendue depuis longtemps, m'appelle, ayant appris mon « aventure », elle est calme et heureuse du dénouement de cette vilaine histoire. Elle me dit être enceinte de cinq mois. Je ne sais trop quoi lui dire, je suis troublé, alors je lui parle de toi...

Je ne t'ai pas eu au téléphone de la journée, malgré mes messages. Je suis triste et dégoûté. J'ai reçu un courrier officiel d'un nouvel avocat, truffé d'erreurs, de mensonges et, pire encore, de trahisons. Quand je pense que j'ai vu ta mère hier, tout à fait décontractée... Elle me paraît de plus en plus sordide. Cet avocat finit sa lettre en demandant au juge que je ne puisse plus te voir que le mercredi après-midi entre 14 et 19 heures, en présence d'une baby-sitter et chez ta mère ! Jusqu'où ira sa cruauté envers moi ? Je me demande si elle se rend compte de la privation qu'elle engendre chez toi.

Aujourd'hui, je peux venir te voir. J'arrive à 16 heures, tu dors encore, ta mère et moi faisons semblant de parler ensemble. Je n'ai vraiment plus rien à lui dire. Évidemment, tout le staff est là, Mariza, Marie, etc. Je finis par monter te chanter une chanson pour te réveiller, et ton émerveillement me transporte de joie. Après ton goûter, nous partons faire quelques tours de manège, accompagnés par Marie, très mal à l'aise mais obligée par ta mère de me surveiller. Elle se cache presque dix mètres derrière nous, tellement son malaise est grand à mon égard. En rentrant, elle se confond en excuses, disant qu'elle ne comprend pas pourquoi Madame exige une chose pareille... Ta mère est sortie à la banque mais téléphone pour savoir si nous sommes rentrés. Une fois de plus elle me reproche de ne pas pouvoir me faire confiance, mais je ne veux pas m'énerver et je la laisse dire... Je veux profiter de ces moments délicieux avec toi... Comme d'habitude tu es triste de me voir partir, je te quitte en faisant le clown pour te faire rire... Je rentre vite à la clinique, je t'écris et vais m'endormir maintenant. À tout soudain, mon ange...

Bonsoir mon petit amour,

J'ai encore reçu des lettres d'avocats, toutes pleines d'inexactitudes, ta mère, après cinq ans, ne connaît toujours pas ma date de naissance, des tissus de mensonges, y compris sur ma tentative de suicide. Elle invente des situations qui ne se sont pas passées, que je me suis enfui de la maison de santé où je suis, alors qu'il est totalement impossible de sortir sans autorisation du médecin... Enfin bref, laissons tomber. Elle refuse bien sûr que je te voie aujourd'hui, je suis venu mercredi et c'est bien suffisant... Malheureusement pour moi, mon avocate me demande encore de l'argent, que je ne gagne toujours pas. Je sais qu'elle continuera jusqu'à ce que je sois ruiné, mais qu'importe, tu en vaux la peine. J'ai compris que le reste de ma vie sera un combat permanent pour garder le contact avec toi.

Depuis quelques jours, Solange me laisse plein de très gentils messages. Affectueux, encourageants et très sensibles. Je m'aperçois qu'elle m'a vraiment aimé, et que c'est pour cela qu'elle a décidé de garder cet enfant, qui sera une petite fille. Tu auras donc une petite demi-sœur. Je ne sais pas à l'heure qu'il est ce que je vais faire par rapport à l'enfant de Solange. Nous nous voyons demain, non sans une certaine envie, mêlée d'appréhension. Cela fait si longtemps que nous ne nous sommes pas vus et tant de choses se sont passées, pour moi, pour elle. J'essaie de t'appeler, mais personne ne me répond. Et je sais quel bonheur tu as à m'entendre, et voilà qu'on t'en prive volontairement. Je suis très heureux finalement de cette initiative d'écrire ce journal à ton intention.

Encore une journée passée sans t'entendre. Ta mère, si riche et tellement assistée de baby-sitter et autre femme de ménage, ne trouve pas une seconde pour faire mon numéro, alors qu'elle sait que je vois ta grand-mère (qui n'a toujours pas eu un coup de fil, pour t'entendre, depuis des mois). Bref, toujours le même comportement, bien triste pour toi. J'ai passé un week-end bouleversant. Je suis allé voir Solange. Nous sommes tombés dans les bras l'un de l'autre, en se serrant très fort, en silence pendant un bon moment. Puis mon regard descend sur sa poitrine qui a gonflé magnifiquement, puis sur son ventre qu'elle ne peut plus cacher, qui contient une vie à venir. Son sourire s'élargit, pour me laisser voir ses magnifiques dents, et je fonds. Je m'accroupis, pour parler à ce ventre tendu comme un tambour tout rond.

L'appartement de Solange est rangé comme je ne l'ai jamais vu. Nous allons chercher quelque chose à manger au restaurant pour emporter, et enfin on parle... Je parle... Je lui confie tous mes états d'âme successifs depuis l'annonce qu'elle m'avait faite à la fin des vacances avec toi. Et toutes les horreurs que ta mère m'a fait subir, et donc ma peur de recommencer à vivre cela... Elle m'écoute silencieusement, et me propose d'aller nous coucher. Nous nous glissons sous la couette et nos corps se retrouvent... Je me sens revivre. Nous prenons un long petit déjeuner pendant lequel je lui explique que je ne peux me résoudre à laisser naître et vivre encore une petite fille sans père. Elle est très heureuse de cette nouvelle. Elle part déjeuner avec ses parents et moi je vais chez mon frère, François. Je lui annonce que j'ai revu Solange et que nous sommes partis pour recommencer une histoire interrompue cinq mois plus tôt. Il est heureux, car il adore Solange, Maya aussi d'ailleurs dès le premier jour. Je rentre à Paris heureux, avec une possibilité de voir une autre façon de vivre... J'espère te voir lundi, puisque mercredi je ne pourrai pas. Il y a une audience au tribunal pour statuer sur ton mode d'hébergement.

Ma journée a été remplie de choses à faire... J'ai couru dans tous les sens... Je suis passé chez moi, m'assurer que tout se passait bien, petit déjeuner avec un agent, à Paris, puis rencontrer un auteur qui a un projet pour moi éventuellement... Et puis Te voir. Pour la première fois depuis longtemps, ta mère m'appelle avant l'heure prévue, pour que je passe plus tôt !!?! Qu'est-ce que cela cache ? Tu es toute excitée, paraît- il. Je termine mon rendez-vous avec cet auteur au plus vite, et je fonce. Et là, quelle fête, quelle joie. « Mon papa, c'est mon papa ! » dis-tu en sautant dans mes bras. Séance de câlins, des bisous, heureusement tu es seule avec Mariza, donc que du bonheur, pas de tension ! Nous appelons ta grand-mère au téléphone pour la remercier des cadeaux qu'elle m'a remis pour toi. Cela fait si longtemps que tu ne l'as entendue... Ta mère ne l'appelle jamais, même pas pour lui donner de tes nouvelles, décidément cette partie de la famille n'existe pas !! Ni François et Maya, ni Sacha ni Hortense ni Stanislas. Ni tes vrais cousins de sang Clotilde, Antoine et Jean. Vous vous parlez gentiment... Et nous mangeons les crêpes que Mariza nous a préparées. Nous dessinons à la gouache, tu fais des poussières d'étoiles de toutes les couleurs, tu es très appliquée... Vivement que tu ailles à l'école. La journée est merveilleuse, je n'en rate pas une miette. Je te quitte le cœur léger. J'espère que les pages suivantes seront pleines de bonnes nouvelles pour nous deux ! Bisous d'amour.

Nous sommes allés au tribunal pour rien. Le juge était malade, et l'audience a été postposée. J'en ai profité pour discuter avec mon avocate, des mises au point pour les semaines à venir, car le report est fixé au 12 janvier... Après j'ai passé un long moment avec Solange. Nous avons parlé de ses peurs et des miennes, concernant le futur... Aujourd'hui j'ai pu venir te faire un bisou avant ta sieste. Normalement, tu dois passer le week-end chez moi, Solange sera là, elle a très envie de te voir... Ta mère évidemment est contre, dit que c'est de la folie et qu'il n'en est pas question. Je lui réponds que je serai là samedi pour venir te chercher, et qu'à défaut, je porterai plainte désormais à la police pour non-présentation d'enfant. Elle me fout littéralement dehors, mais je suis calme... Je passe prendre Solange et nous rentrons à la maison épuisés, elle par son ventre qui commence à peser, et moi par le peu de sommeil de la veille et de mes journées pleines de mille choses à faire.

Mais bon, j'ai eu un rayon de soleil dans cette journée grise et froide, ton sourire Radieux !!! Enfin quelque chose de positif est arrivé ! Ca y est, tu es venue passer le week-end avec ton papa dans sa maison... Ta mère a enfin compris que je ne céderai plus à tous ses chantages, ses changements d'avocats, de procédures, etc. Nous sommes donc tombés d'accord aussi que tu passerais Noël avec ta mère et Nouvel an avec moi. Nous irons chez François et Maya... Ce week-end a été merveilleux ! Tu as retrouvé ta chambre, ta poussette, ton bébé. Petits cris de souris et petits sauts accompagnent ces joies... Puis nous allons faire des courses pour ton costume de princesse, et nous mangeons au restaurant japonais où tu vas pour la première fois. Cela a l'air de te plaire... Les baguettes surtout ont été une belle attraction... Nous allons passer la soirée chez Bellon, mon ami. Tu es la plus jolie de toutes les princesses, tu te déplaces comme si tu avais toujours porté ce genre de costumes, comme ta grand-mère au théâtre... Ton premier bal masqué a été une réussite ! Nous rentrons vite avant que tu ne t'endormes... Le lendemain, encore une journée de rêve... Mais quand arrive l'heure du retour chez ta maman, les pleurs commencent... Je te ramène donc à l'heure prévue. C'est Mariza qui nous accueille parce que ta mère est absente, mais tu ne veux pas rentrer. Je m'éclipse le cœur serré, mais regonflé à bloc par ces deux jours passés avec toi... Je retrouve Solange qui me raconte que vous avez eu des conversations à propos de son gros ventre et du bébé qui grandit doucement...

Que de choses qui bougent positivement ces derniers temps. Mon agent qui me rappelle, du boulot en vue, j'ai l'impression de revivre, mais je reste prudent. Et ta mère qui continue à vouloir déplacer les jugements uniquement parce qu'elle sait que cela me coûterait encore de l'argent, et qu'elle sait bien que je n'en ai plus ! Mais ce qu'elle ne sait pas c'est que contrairement à elle je suis prêt à me ruiner pour te voir, et te transmettre tout l'amour que j'ai pour toi, toute la joie que j'ai enfin de vivre, toutes les choses que j'aime, la musique, les livres, les voyages... J'aimerais t'emmener voir l'Australie...

30 décembre

Ta mère qui ne m'a pas appelé depuis quatre jours se fend d'un message d'au moins quatre minutes pour me dire que tu as de la fièvre, que tu tousses et qu'il serait sage de ne pas sortir ce week-end. À l'entendre, on dirait que tu es à l'article de la mort. Je ne réponds même pas. J'attends tranquillement demain *pour venir te chercher car, que tu sois réellement malade ou non, je suis capable de te soigner s'il y a lieu et de m'occuper de toi avec tout l'amour et l'attention dont tu as besoin.*

31 décembre

Je piaffe devant la sonnette de ta mère. Évidemment, tu n'es pas prête et je dois encore préparer ta valise. Finalement, nous partons dans la voiture de papa où Solange nous attend. On va dans son appartement que tu ne connais pas encore. C'est un Nouvel an costumé, tu vois ta robe de princesse pendue au cintre. L'habillage peut commencer. Te voilà transformée, radieuse, pas l'ombre d'une fièvre, pas l'ombre d'une toux, bref tu irradies de bonheur ! Ensuite, c'est Solange qui descend en « d'Artagnan », admiration empreinte de surprise, puis c'est mon tour : je suis déguisé en « Bossu ». Et nous voilà partis pour la fête ! Arrivés là-bas, tout le monde est transformé, costumé. Sacha et Hortense nous accueillent en « Cendrillon » et « Blanche-Neige »... La fête bat déjà son plein, le champagne coule à flot... Les premières minutes, tu es un peu timide, mais cela passe très vite. Le buffet est magnifique, et tu commences à picorer... Il y a heureusement plein d'autres enfants déguisés, mais tu es la plus belle ! Vers deux heures du matin, nous devons t'arracher à la piste de danse que tu n'as plus daigné quitter de toute la soirée... Nous rentrons finalement chez Solange où tu t'endors comme un ange... Après une journée de récupération, sous la couette devant la télé, le lendemain nous allons rendre visite aux parents de Solange. Je suis si fier de toi... L'heure tourne fatidiquement et nous rapproche hélas du moment où il va falloir te ramener chez ta mère. Cela déclenche une crise de larmes comme à chaque retour. Supplications qui me tordent le cœur. « Pas chez maman, papa » dis-tu. Tu ne veux pas descendre de la voiture. Je te prends dans mes bras. Arrivée devant la porte, tu hurles, tu hurles, tes larmes coulent sur ton joli visage. Je te mets dans les bras de ta mère, tu lui repousses le visage avec tes mains, dans un état de rage jamais vu jusqu'alors. Mon cœur implose dans ma poitrine, je te promets que je ne t'abandonnerai pas, que je reviendrai bientôt. Je dis à ta mère de bien mesurer ta souffrance et lui affirme que tes retours seraient moins tragiques si tu me voyais plus souvent. Elle me jette quasiment dehors, et je reste derrière cette porte où je t'entends crier que tu veux ton papa ! Mon pauvre amour !

Je ne peux même plus t'entendre depuis cet épisode. Jamais on ne décroche quand j'appelle... Solange et moi partons quelques jours en thalassothérapie. Nous nous reposons après toutes ces fêtes bien arrosées... Évidemment aucune nouvelle de toi pendant ces quatre jours ! Comme mercredi je ne pourrai pas te voir à cause de l'audience que nous aurons l'après- midi au tribunal, je téléphone à ta mère pour tenter de te voir mardi. Et là, j'apprends que ta mère t'emmène aux Antilles pendant quinze jours sans m'en avoir parlé et sans mon accord écrit. Elle a l'audace d'essayer de me faire croire qu'elle m'en avait parlé et que j'aurais accepté !!! Alors que je suis libre et que je peux t'accueillir dans ma maison. Je suis prêt à vous faire arrêter aux frontières, mais je me calme et me décide seulement à porter plainte pour non-demande d'autorisation. Et donc tu vas partir quinze jours aux Antilles, plus les quinze jours précédents, je ne te verrai donc pas pendant un mois !

Je rentre du tribunal, où nos avocats ont plaidé cet après-midi, sans la présence de ta mère alors qu'il s'agit pourtant de ton futur !!! J'ai entendu de moi le pire portrait jamais tracé à propos d'un homme qui fait tout ce qu'il peut pour sa fille depuis qu'elle est née. Les pires mensonges, les pires vilenies me concernant. Et j'ai dû écouter tout cela sans broncher. Tout ce qui a été dit vient de la bouche de ta mère. Une haine sans nom, de véritables crachats de haine, un déversement d'immondices, et mon avocate indignée et mère pourtant, me demande de ne pas réagir avant qu'on me donne la parole. Après l'intervention de mon avocat qui détruit, preuves à *l'appui, tous les mensonges de la partie adverse, on m'adresse enfin la parole. Mais estomaqué par tout ce que j'ai entendu, j'ai du mal à parler. Je ne demande que le minimum acceptable pour un père d'aujourd'hui, puis-je être entendu. Un week-end sur deux et le mercredi après-midi. Aucun père digne de ce nom et qui aime son enfant par-dessus tout ne peut accepter moins. Jugement le 9 février. Je ne peux plus qu'attendre !*

Voilà deux jours que tu as pris l'avion pour l'autre côté de l'océan, et je ne sais toujours pas si tu es arrivée, si tu as bien supporté le voyage, bref aucune nouvelle et surtout aucun numéro de téléphone aux Antilles qui pourrait me dire où tu te trouves. Je me renseigne chez mon avocat et finalement ta mère m'appelle en fin de journée et refuse de me donner la moindre coordonnée te concernant. Je t'entends quelques instants, tu es toute triste, un filet de voix qui me demande où je suis et qui veut venir dans ma maison ! Là-dessus, ta mère me dit que tu es fatiguée et coupe la communication. Je sombre dans une tristesse immense... À nouveau trois jours sans nouvelles, Solange se plaint de douleurs dans le dos et dans le ventre, il va falloir aller chez le médecin car cela commence à m'inquiéter... N'en pouvant plus de ne pas t'entendre, je demande à mon avocat d'appeler celui de ta mère pour lui ordonner de me donner une adresse et un numéro de téléphone, car il est inacceptable qu'un père ne sache pas comment et où joindre sa fille en cas d'accident. Et le soir même je t'ai au bout du fil. Tu me dis toujours les mêmes mots, tu veux venir dans ma maison... Une minute seulement et ta mère me répète que tu es fatiguée et raccroche. Elle a vraiment décidé de me rendre fou.

31 janvier,
J'ai lâché l'écriture tellement je n'ai plus de force. Tu viens d'atterrir à Paris, mais bien sûr je ne t'entendrai pas aujourd'hui...

19 février,

Que d'horreurs encore depuis tout ce temps, je n'ai même plus le temps d'écrire tellement ma vie explose dans tous les sens. Solange et moi, après deux mois et demi d'essais à vivre ensemble, cela se solde par un échec. Nous n'arrivons pas à nous entendre. Visiblement, je ne lui apporte pas ce qu'elle attend. Elle a eu une infection urinaire qui a nécessité une hospitalisation, pendant laquelle j'ai été le plus présent possible. J'ai fait faire les peintures dans son nouvel appartement, je l'ai accompagnée dans toutes les démarches administratives de chômage, etc., chez le dentiste dont elle a une peur extrême... Mais cela n'était pas pour elle des actes d'amour... Je lui ai donc dit que je ne concevais pas la vie autrement, pour moi il y a des choses à faire avant tout... Je me bats contre tous, ta mère, ses avocats, les juges, les experts, pour simplement avoir le droit de te voir. Je suis à un point de découragement extrême. Le 9 février un jugement est intervenu en ce qui concerne le droit de visite qui m'est accordé. Le mercredi après-midi de 15 heures à 19 heures et un week-end sur deux. Le tout accompagné d'une personne de confiance ! Alors ce mercredi 16 février, j'ai pu demander à ma femme de ménage de venir avec sa petite fille jouer avec toi. Si bien que je ne t'ai pratiquement pas vue, sauf pendant les voyages aller-retour. Tu t'es endormie dans mes bras pendant vingt minutes, le moment le plus fort pour moi depuis des mois. Ton petit ronflement dans mon cou dû à ton nez encombré et qui m'empêchait de m'endormir moi aussi. Mais quelle sensation de bonheur, te sentant complètement abandonnée à califourchon sur le ventre de ton papa... Au retour la séparation se passe bien, tu ne pleures pas, tu rentres bien gentiment chez Mariza. Tu te sens visiblement bien. Mon cœur se serre à l'idée que ces quelques moments passés avec moi te suffisent. Et je repars en pleurant dans ma voiture, vers ma solitude dans ma grande maison... Pour le week-end il me faut trouver « une personne de confiance ». Comme Solange et moi nous sommes séparés, je demande à Mariza qui refuse, mais qui me recommande quelqu'un qui serait prête à nous accompagner moyennant un forfait de 100 euros que je n'ai plus. Je demande à ta mère, qui est richissime et qui a exigé cette présence, de la payer et elle refuse. Je viens quand même samedi te chercher. Mais je ne pourrai pas passer le week-end avec toi puisque je n'arrive pas à respecter ce jugement absurde, comme si j'étais un criminel ! Son avocat lui dit visiblement de ne pas céder, le mien me conseille de partir calmement et dignement. Je te prends dans mes bras et t'explique la raison pour laquelle je ne peux pas t'emmener. Tu me regardes gravement, ton cil s'obscurcit et tu me quittes d'un air coupable. Je te dis que ce n'est pas toi la cause de ce qui arrive... C'est la justice qui l'a décidé et papa ne peut rien faire contre cette justice... Et me voilà tout seul ce dimanche dans mon canapé, à écrire pour essayer de ne pas mourir de chagrin.

Je suis à Damazan, dans la grande maison. Voilà, mon cœur, je viens encore de passer 48 heures sans t'entendre. Je viens d'écrire mon testament, dans lequel je demande que tout ce que je possède revienne à mon frère François, qui est le seul à m'avoir toujours soutenu. Je n'ai pas voulu te déshériter, mais ta mère est tellement riche que je crois que ce n'est pas le peu de choses qu'il me reste qui te permettront de vivre... Il y a néanmoins des films vidéo et des photos que, j'espère, il aura conservés, que tu pourras regarder pour voir combien nous étions heureux quand nous étions ensemble... Aujourd'hui, j'abandonne tout combat par avocats et juges interposés, qui ne comprennent rien de la situation désastreuse dans laquelle nous sommes. Et comme ce que l'on m'accorde de possibilités de te voir me semble totalement inhumain, je préfère laisser ta mère assumer entièrement maintenant les décisions qu'elle entrevoit pour toi.

Un jour, j'espère, tu comprendras que ce n'était pas ton bien qu'elle recherchait, mais ma destruction mentale, financière et physique, et que malheureusement pour toi, elle y est parvenue. Je n'ai plus de force, et je n'arrive pas à entrevoir de futur possible et harmonieux pour toi. Dans les moments difficiles que je traverse, tu étais mon rayon de soleil, ma raison de vivre, mais non ma béquille comme certains essaient de me le faire croire. Tout le monde me supplie de tenir le coup, je sais qu'il faut tout faire pour passer ce cap monstrueux, mais je ne sais comment agir. Je t'aime et je souffre tellement de ne pouvoir te le montrer, qu'il faut donc que je tienne...

J'ai enfin trouvé quelqu'un qui accepte de venir chez moi à la maison pour le week-end. Une jeune sénégalaise qui s'appelle Mayani. Elle n'est pas très débrouillarde, mais je crois que cela ira. Malheureusement, tu ne vas pas très bien. Tu n'es pas loin d'avoir de la fièvre, tu n'as pas d'appétit et tu demandes à dormir. Mayani ne comprend pas pourquoi elle est là ! Le lendemain, tu vas mieux. Je t'emmène sur une péniche théâtre, voir un spectacle de marionnettes. Tu es fascinée, captivée. Quand nous rentrons il te vient soudain une phrase étrange que tu ne dis jamais chez moi : « Je veux aller chez ma maman. » « Ah ? Pourquoi ? » dis-je. « Parce que je veux un téléphone pour te parler » ! Tu retrouves ta maman dans la soirée, et tout se passe bien, sans pleurs, sans crise...

Mercredi, comme tu n'es pas encore tout à fait rétablie, c'est moi qui viens chez toi pour la visite. Quel étrange après-midi, sentiments troubles, mélange de tristesse, de désarroi et d'impuissance... Je te retrouve dans le lit de ta mère qui est absente, pas un regard, pas un sourire pour moi. Dur à encaisser, mais tu es malade, alors il faut faire comme si de rien n'était... Pourvu que ce soit à cause de cette vilaine otite, car je te sens si loin de moi que je m'en vais comme si je ne t'avais pas vue... Arrivé chez moi, je m'en veux de n'avoir pas pu te faire passer un bon moment, tu m'as laissé partir comme un étranger !!! Je me dis que ce rythme qu'on nous impose finira par nous éloigner l'un de l'autre, et je ne suis pas sûr que je le supporterai.

Décidément, je ne sais pas si ta mère ne confond pas haine à mon égard et vengeance par enfant interposée. Plus de nouvelles jusqu'à ce soir 20 heures, et encore c'est moi qui appelle après avoir essayé tout l'après-midi : toujours occupé ! Puis ta mère vient me dire qu'elle n'a pas le temps d'appeler. Bref, elle te passe le téléphone, et encore une fois, tu ne veux plus me parler !!! Que se passe-t-il dans ton petit cerveau, es-tu toujours malade ou bien penses-tu que je t'abandonne et que je n'appelle plus volontairement ? J'essaye désespérément de t'arracher un son, pas moyen. Tenir sans te voir c'est déjà dur, mais alors sans t'entendre, c'est vraiment insupportable. Il faut que je tienne, jusqu'à ce que tu sois grande, mais je n'ai plus d'énergie, d'envie, de courage...

Les jours passent, les uns après les autres, et j'attends vainement que ta mère ouvre les yeux sur la catastrophe que tu risques de vivre si je disparaissais pour de bon. Mais je doute que cela lui fasse quelque chose. Je la crois totalement insensible à la douleur humaine. Elle vit complètement en dehors de la réalité. Mais j'espère que tu pourras, toi, la vivre cette réalité, la comprendre et y réfléchir, et faire bon usage de ton argent, pour des bonnes causes, je t'en supplie ne deviens jamais « la gardienne du Trésor ». Cela t'empêchera de vivre, d'être généreuse.

Je t'ai vue cet après-midi, chez toi puisque tu es encore malade, nous avons joué au lotto d'animaux et avec le petit ordinateur que je t'avais offert. Le week-end suivant, ta santé s'améliore et nous pouvons passer deux jours merveilleux. Tout se passe bien avec Mayami, nous allons faire du vélo, de la balançoire et du toboggan. Je te retrouve adorable. C'est ta mère qui vient te chercher, et une fois de plus une dispute éclate. Elle veut récupérer toutes les affaires qui lui appartiennent dans la maison. Comment est-ce possible de n'avoir aucun cœur ? Je crois qu'elle ne m'a jamais aimé, et que dès que tu étais dans son ventre, elle a tout planifié pour me détruire. Elle est en passe d'y arriver, je suis anéanti.

Pourrai-je rebondir et me reconstruire un jour ? Je t'aime, je t'aime, je t'aime...

Je n'en peux plus de me battre et de subir les méchancetés abjectes de ta mère. Encore une nuit qui s'annonce difficile. J'étais pourtant tellement heureux de ton sourire retrouvé, que je ne voyais plus sur ton joli visage. Mais la dernière image que j'ai de toi, ce sont tes yeux inquiets, à cause du ton de la discussion sordide qui vient de se terminer devant toi. Et je vais moi-même t'asseoir dans la voiture de ta mère en te disant que je t'aime, mais c'est fini, ton sourire a disparu ainsi que tout le bonheur de ces 48 heures...

Jeudi 17 mars,
Nous avons passé un délicieux après-midi hier. Le soleil brillait, il faisait chaud. Nous sommes allés voir les chevaux et leur donner du pain... J'avais évidemment une amie avec moi et le contact entre vous a bien pris. Tu parles du docteur et ton visage se ferme. Le retour chez ta mère se passe mal, tu restes dans le hall et dis que tu veux aller dans la maison de papa. Tu as l'air de m'en vouloir. Le docteur est ton pédo-psychiatre, que ta mère utilise pour expliquer ton comportement et celui qu'il faut prendre avec toi. C'est bientôt mon anniversaire. J'espère que ta mère me laissera un peu plus de temps pour que je puisse t'emmener au restaurant. Je dois subir une expertise psychiatrique, en vue d'un prochain jugement. J'espère pouvoir

tenir le coup jusque-là. J'ai des idées noires tout le temps, l'avenir me fait peur. Je viens d'avoir mon ami Paul au téléphone, il va venir. Je l'attends avec impatience, il pourra peut-être m'aider à réfléchir calmement...

Aujourd'hui, je viens encore de passer une journée horrible. Ma moto m'a lâché en plein Paris et je suis arrivé en retard chez mon psychanalyste. Dans la salle d'attente, je vois défiler des gens dans le même état que moi ou pire encore. Mais dans quel monde suis-je tombé ? Tous regardent leurs chaussures, mangent leurs doigts ou parlent tout seul. Et moi je me dis que je suis sur ce chemin-là. Complètement déséquilibré, comment pourrais-je prétendre à t'élever dans l'état où je suis ? J'ai peur que l'expertise que je vais passer la semaine prochaine ne soit évidemment pas en ma faveur, et qu'on ne me laisse pas te voir plus souvent... Si c'est cela, plutôt mourir ! Tout le monde me dit que je n'ai pas le droit, que je dois continuer à me battre pour toi. Mais ce père que je suis en train de devenir me fait peur et je n'en suis pas fier. Des angoisses de toutes sortes m'assaillent et m'empêchent de penser à autre chose qu'à mourir, m'empêchent d'agir et de faire ce qu'il faudrait pour me reconstruire... Je rêve de pouvoir disparaître sans faire de mal à quiconque, de ne pas provoquer une catastrophe qui rendra ma fille orpheline par ma seule volonté, et qui désespérera ma famille. Ta mère seule serait soulagée peut-être d'être enfin arrivée à me supprimer de ton chemin, et de pouvoir te dire un jour : « Tu vois, ton père était dépressif et fou, j'ai bien fait de vouloir t'en éloigner. » Mais non, il faut que je tienne, comment ? Je ne sais pas. Le soir je suis toujours plus calme, plus serein, comme si j'avais gagné une journée de plus contre la mort. Mais dès les premières minutes du réveil, je suis pris par l'angoisse et la peur. Peur de ne pas être à la hauteur d'un papa que tu mérites, d'un homme responsable, d'une carrière que je n'ai jamais pu admirer ni respecter. Comment continuer à vivre comme cela ? Demain, je vais chez le notaire pour remettre mon *testament et les deux cahiers que j'écris ici. Pour qu'ils soient en sécurité, et que si il m'arrivait quelque chose, au moins, ils puissent te parvenir. Mais j'espère secrètement que ces lignes ne seront pas les dernières que tu liras de moi. Et qu'il y aura d'autres cahiers qui te raconteront comment je m'en suis sorti. Mais s'il en était autrement, sache que dans ma vie, la plus belle chose qui me soit arrivée, le plus beau cadeau que j'aie eu, c'est toi. Je t'aime à en mourir. Si Dieu existe, qu'il m'empêche de commettre l'irréparable et qu'il me donne la force de dépasser cette épreuve horrible que je vis depuis deux ans maintenant, et que ta mère arrête cette guerre dont tu es la seule véritable victime.*

À très vite, j'espère commencer un troisième cahier dès demain, mais celui-ci sera à l'abri de ta mère. Je t'aime, je t'aime, je t'aime. Tu me manques vraiment trop, et passer et repasser devant ta chambre vide est pour moi un supplice que tu ne peux pas imaginer. Ton papa à la vie à la mort.

Et voilà, pour mon anniversaire, la seule chose que j'ai trouvé, c'est de craquer chez mon psy, qui est aussi le psychiatre de la clinique où j'avais déjà été hospitalisé. Il décide de me réhospitaliser, me laisse rentrer chez moi faire ma valise et me fait jurer de revenir sans faire de conneries. Je promets. En chemin, je préviens ta mère pour annuler le cirque et le restaurant que je t'avais promis. Je me sens affreusement coupable… J'ai l'impression que je ne contrôle plus rien. Je tournais comme un lion en cage, j'avais acheté une corde, que j'ai regardée pendant une semaine, et ce matin, comme un fou désespéré, j'avais fait un nœud juste à la taille de ma tête. Je prévoyais de me pendre la semaine suivante, avant l'expertise psychiatrique demandée par le juge. Parce que cela aussi me faisait trop peur. Peur de ne pas pouvoir convaincre que j'étais capable de m'occuper de toi. Ce manque de confiance en moi que ta mère a bien réussi à me faire entrer dans la tête. Voilà, j'ai

40 ans, et je me dis que j'ai tout foiré. Ma vie professionnelle, ma vie affective, et puis toi, ton équilibre pour lequel pourtant je voulais tant me battre. Me voilà donc à nouveau dans cet endroit sordide. Bon anniversaire !!! Je t'ai eu au téléphone hier soir, et malheureusement pour moi tu te souvenais qu'on devait aller au cirque. Alors ? Qu'est-ce que c'est qu'un papa qui ne tient pas sa parole ??!! Difficile de te faire entendre que je suis à l'hôpital pour me faire soigner, surtout que ce n'est pas une maladie que tu peux comprendre, comme une jambe ou un bras cassé.

Je me remets tout doucement de mes angoisses. Le psychiatre vient de me dire que je pourrai certainement faire mes trois jours de plan télé pour mon travail... Je me sens un peu soulagé et j'en profite pour t'écrire quelques mots... Ayant raté la visite pour l'expertise, je vais perdre le peu de possibilités que j'avais pour te voir. Tout cela est de ma faute. J'étais tellement paniqué ces derniers temps par tout ce qui arrivait, toi, mon déménagement qui se rapproche, le travail qu'on me propose et qui ne m'intéresse pas, mais il faut bien faire rentrer un peu d'argent pour payer tous les frais de la maison, les avocats, les baby-sitters... J'espère pouvoir venir bientôt te rendre visite, pour te prendre dans mes bras et te faire plein de câlins...

Paul est venu passer un long moment avec moi. Il est un peu désemparé face à mon état.

Presque deux jours que je ne t'ai pas entendue. Je viens de raccrocher d'avec toi, mais c'est vraiment difficile de te parler, chaque fois que je te pose une question, c'est ta mère qui y répond, ne te laissant même pas le temps de t'exprimer, alors c'est à peine si j'entends le son de ta voix. Paul va essayer de t'emmener vendredi ici à l'hôpital, car les enfants peuvent venir dans le parc. J'ai peu d'espoir que ta mère accepte, mais si c'est Paul qui le demande, peut-être pourra-t-il la convaincre. J'ai beaucoup de mal en ce moment, à parler, à m'exprimer sur ce *que je ressens. Comme si mon cerveau tournait à vide, comme si chaque pensée me ramenait au néant. Ta mère ne semble pas du tout inquiète, je subodore que tout cela était prévu pour elle depuis longtemps.*

Vendredi, quelle belle journée. Un temps magnifique. Ta grand-mère Judith est venue avec Paul et avec toi pour me voir. Ils sont allés te chercher chez ta maman. Pendant tout ce temps, ta grand-mère et moi avons parlé du passé, du présent, mais surtout pas du futur que je n'arrive pas encore à envisager. Tu es belle comme un cœur, tu m'offres un magnifique dessin à la gouache que tu as fait rien que pour moi. Tu cueilles trois boutons d'or et tu en donnes un à chacun. Nous roulons dans l'herbe et attrapons les coccinelles... C'est très étrange, malgré ta présence, celle de Paul et de ta grand-mère, je ne suis pas serein. J'ai toujours ce sentiment d'oppression sur la poitrine et d'angoisse qui m'empêche de profiter à fond de ce petit moment de bonheur. C'est l'heure du départ, je te fais un dernier câlin et te laisse dans les bras de Paul, si attentionné pour toi, qui t'aime comme un grand-père. Tu n'as pas pleuré du tout. Je suis si fier de toi.

Voilà une semaine que je ne t'ai pas écrit. Une semaine assez morne, passée à dormir, prendre les médicaments, manger et redormir. Il paraît que cela fait partie du traitement. Je ne sais plus très bien où j'en suis. Je t'ai entendue quelques fois au téléphone, mais nos conversations sont courtes et comme tu grandis si vite... J'ai l'impression que nous nous éloignons petit à petit. Que ta mère est arrivée à ses fins. La dernière fois que je t'ai vue, tu avais tellement changé que je m'en voulais d'avoir raté cette évolution que tu es en train de vivre. Tu n'es décidément plus un bébé...

12 avril,

Demain j'ai une permission de sortie, mais je ne peux pas venir te voir car ta mère dit que tu vas à la garderie !!! Nous nous sommes donc vus une heure et demie depuis un mois. Et encore, nous devons cette heure et demie à mon ami Paul qui a fait l'aller-retour. Pas une seule fois ta mère ne t'a accompagnée pour que je te voie. Et le seul jour où je peux te voir, tu dois soi-disant aller à la garderie... Je te laisse apprécier la bonne volonté que met ta mère pour que nous nous voyions... Enfin c'est comme ça... Demain après- midi, je vais faire des essayages costumes pour un boulot. J'ai prévenu ta mère que je serai là- bas pendant une dizaine de jours, et lui ai demandé si nous pouvions nous voir chez ta grand-mère ou avec François et Maya.

Nous verrons bien.

Les pages vides et blanches qui suivent me racontent
la fin. Je ferme doucement ce dernier cahier, qu'il a
touché de ses mains.

Ma boîte de kleenex est vide. Je suis asséchée. Il
aurait dû m'attendre. Mes pensées et mon chagrin
tourbillonnent. Comment vais-je retrouver une vie
normale, après ça ? Je suis coupable de l'avoir oublié.
J'en veux à la vie de lui avoir fait tant de mal. Je
voudrais tellement qu'il soit là, près de moi. Le
toucher, lui parler, le consoler, lui dire que ce n'était
qu'un mauvais rêve, je ne sais pas, n'importe quoi. Je
voudrais tellement que cela ne soit pas arrivé.

Après un dernier flot de sanglots sans larmes, je
bouge. Il faut que je réagisse, que je me secoue. Je ne
vais pas à mon tour m'enfoncer dans des idées
macabres et inutiles. Je vais prendre l'air, marcher où
mes pieds m'emmènent. Il fait chaud, je me promène
dans les rues en aveugle, longtemps. Le soir est là
quand je rentre, mais je vais mieux. J'appelle François,
j'ai besoin d'entendre sa voix.

Je lui dis que j'ai tout lu. À travers lui j'ai découvert
mon père, et maintenant je sais, j'ai compris. Il
m'encourage en me rappelant que c'était un homme

bien, que les choses sont rentrées dans l'ordre, qu'il fallait que je sache, que c'était important pour lui et pour son frère, que tant qu'il vivra, il sera là pour moi. Je raccroche, débordante d'amour pour ces deux hommes qui viennent d'entrer dans ma vie. Je me prépare une salade que je grignote devant la télé. Je zappe jusqu'au petit matin et finis par m'endormir.

Cette fois, c'est Brel qui m'éveille. Il chante « Un enfant, ça vous décroche un rêve... » et je me laisse bercer par sa poésie. J'en suis à me demander si ma jeunesse n'a pas été truffée de signes de « Papa » qui malheureusement pour lui me laissaient sourde. Ou alors peut-être a-t-il attendu le bon moment de mon entrée dans la vie adulte pour que je sois plus réceptive... Ou encore mes sens se sont-ils trouvés tout simplement en alerte face aux hasards de ma route... Je sais qu'il est là, quelque part. On dit que l'au-delà est intemporel. Il observe peut-être ma vie au fil de mes jours, sans se lasser...

Il faut que je voie Marion. Sœur ou pas sœur, notre scénario a été remanié, je veux en discuter avec elle. La romance de mon père avec Solange restera dans les cahiers, elle fait partie des jolies choses vécues. Inutile de l'entacher de haine ou d'amertume, d'autant plus que d'autres s'en sont chargés en leur temps. Quant à ma mère, j'opte pour le silence. À quoi bon se déchaîner sur un passé révolu qui ne me ramènera pas mon père... Le mal est fait, je vivrai avec cette déchirure qui est mienne désormais.

J'envoie un message à Marion, l'invitant à me rejoindre dans un resto italien. Cela m'évite les banalités et les blancs superflus. Je choisis une table près de la fenêtre et un verre de vin. Elle arrive un peu en retard, la mine défaite, l'allure penaude. On ne s'embrasse plus, on ne s'embarrasse pas. C'est inouï comme une tempête peut balayer les sentiments...

— Alors, tu as été adoptée ? dis-je sans détour.

— Non, je porte le nom de ma mère. J'appelle mon père celui qui partage sa vie depuis 18 ans. Celui qui m'a conçue a été une erreur de jeunesse. C'est tout.

Connaissant le mutisme de Solange pour les rares fois où je l'ai croisée, je n'ai aucune peine à imaginer leurs conversations probablement limitées au strict minimum. Elle a dû me reconnaître d'une manière ou d'une autre. Pas moi.

— Pourquoi cette fuite si tu n'en savais rien ?

— Je savais.

Là, je suis abasourdie, elle m'assomme. Le choc.

Elle a un sourire mauvais, malgré ses yeux bouffis. Un triomphe à retardement, une vengeance ?...

La tension monte, mais je reste digne.

Le garçon nous sert nos assiettes de pâtes fumantes et savoureuses en nous chantonnant un « bon appétit » qui me donne la nausée.

Sans rien dire, elle mastique les petites bouchées qui rougissent sa bouche de sauce tomate. Entre les unes et les autres, elle m'explique :

— Ma mère avait tout misé sur sa relation avec Pierre Vaumont, elle était prête à tous les sacrifices pour le garder, contrairement à la tienne. Il lui avait fait croire qu'il l'aimait. Il la trompait, il l'humiliait. Elle acceptait. Elle t'acceptait toi, parce qu'elle était amoureuse de ce type qui l'avait envoûtée. Au début, c'était son charme, son aura, son nom aussi, bien sûr... Leur histoire n'était que ruptures et réconciliations. Mais elle avait sa place dans sa vie de tordu. Il était déjà très atteint quand elle s'est retrouvée enceinte, mais elle n'allait pas abandonner. Elle a pris le risque et a gardé le bébé, moi donc. Elle n'avait aucune intention de lui faire reconnaître l'enfant, parce qu'elle ne voulait pas qu'il s'en mêle dans l'état où il se trouvait. Elle avait le temps. Mais puisqu'il avait décidé d'en finir avec la vie avant ma naissance, les choses ont pris une autre valeur. Moi aussi j'étais, je suis une « Vaumont » et j'avais les mêmes droits que toi. Mais ta famille s'y est opposée, et elle s'est retrouvée avec un péquenaud qui a bien voulu de nous.

— Quelle garce ! Elle savait tout... Donc, nous deux, cela faisait partie de ta machination ?

— Oui, j'ai tout manigancé depuis l'année dernière. Je savais tout sur toi, notre rencontre au théâtre n'était qu'une mise en scène pour entrer dans ta vie. Je joue très bien la comédie, paraît-il !

— Comment as-tu pu ? Tu me dégoûtes !

— La seule chose qui m'a fait flipper, ce sont les fantômes de Damazan, ton père qui venait fouiner dans mes projets, et puis les photos chez ton oncle. Tout cela n'était pas prévu dans mon programme. Ça a tout chamboulé...

Quelle salope ! J'ai envie de la frapper.

— Et c'était quoi, ton programme ?

— Me faire aimer de toi le plus longtemps possible, entrer dans ton monde.

Oh non, putain je ne le crois pas !

— Tu n'as donc jamais ressenti d'amour pour moi ?

— Comment pourrais-je aimer celle qui a fait le malheur de ma mère ! Je te déteste ! Toi, ton argent, ta beauté, et tout ce qui t'entoure.

Elle me donne envie de vomir, elle me lâche tout son venin sans un froncement de sourcil, sans la moindre gêne. C'est elle ou c'est moi qui devient folle ? Je trouve soudain aussi une place pour un sourire placide...

— Mais tu as perdu, ma pauvre Marion !

Et je la plante là dans ses tagliatelles refroidies, je paye l'addition et m'en vais, saoulée de toutes ses insanités.

La colère gagne du terrain sur ma déconfiture. Comment ai-je pu me laisser prendre au piège aussi naïvement ? Moi qui n'en ai jamais reçu, cet été je prends des baffes de tous côtés. J'ai le cerveau d'un boxeur. Je suis K.O. Je la sens dangereuse, cette Marion-là. Moi, je suis trop vulnérable en ce moment. La haine me donne des envies criminelles... Je me réfugie chez François. Je l'appelle. Je prends un train. Il m'attend à la gare et je m'effondre en pleurs dans ses bras. Maya par contre me prend en main et me secoue. Il ne faut pas que je prenne le relais de mon père dans la destruction mentale. Même fragile, il faut rester droite. Je ne suis pas seule, ils vont m'aider. Ils me maternent et me paternent, me corrigent quand mes pensées sont négatives. Je subis un entraînement philosophique intensif. Stan et Hortense m'emmènent danser, Antoine et Valérie, sa copine, m'initient au casino, Jean me coupe les cheveux, Clotilde et Sacha me font découvrir leur nouvelle boutique... Le reste est fait de longues conversations dans les transats, cuisine belge à volonté, tolérance et liberté... Douze jours plus tard, je repars pour Paris, revigorée d'amour et de confiance.

Ma porte a un peu de mal pour me laisser entrer, une grosse enveloppe a été glissée, sans nom, toute blanche. Je tâte, ce doit être un catalogue publicitaire qu'un de mes voisins m'aura déposé pendant mon absence. Je suis curieuse, donc je l'ouvre. Quelle surprise ! Voilà maintenant des photographies de nos vacances à Damazan. Chaudes... ! Marion et moi nous ébattant dans des positions plus que suggestives... ! Elle avait vraiment tout manigancé, cette peste ! Il y en a une dizaine, ce n'est même pas artistique. Quelle honte ! Qu'est-ce qu'elle me veut ? Qui a pris ces photos ? Nous étions seules là-bas, on ne connaissait personne...

C'est quoi le but ? En faire du toutes boîtes ?... Ça me gonfle, ça me gonfle... ! Elle veut de l'argent ? Me faire chanter ? Je n'ai absolument pas été attentive. Tout ce qui m'est arrivé depuis elle sortait de mon ordinaire. Je me suis laissée emporter, séduite par la différence, attirée par l'aventure, m'abandonnant complètement dans son nuage... Quelle erreur ! Aucune puce n'est venue à mon oreille pour me mettre en garde, alors que rien n'était normal. Plutôt fourmi, j'ai dépensé sans compter. Soirées, restos, fringues, cadeaux, coiffeur, cinéma... Je voulais lui faire plaisir, et j'en avais les moyens. Je nous sentais tellement complices que je n'avais bientôt plus de secrets pour elle, c'était mon amie, mon amour... Merde ! Que dois-je faire maintenant ? Rien. Je ne ferai rien, sinon assumer ce qui risque d'arriver. Une info pour mes copains, une griffe dans mon boulot, un poignard dans le dos de Judith. Mais qui a bien pu faire ces photos ?

Je vais faire quelques courses. Mon frigo est vide et je n'ai plus d'aspirine... Je passe chez Kim, mon Chinois, prendre un plat pour ce soir. Il est si gentil avec moi, dois-je m'en méfier... ? Bon, je rentre. Ça sent bizarre, dans cet appartement. Une sale odeur. Je cherche un peu partout, et ne trouve rien comme par hasard. J'aère. Mon esprit me joue des tours, je vérifie quand même si les photos sont toujours dans l'enveloppe, mon imagination est si productive ! Mais non, elles sont en place. Dommage, cette fois j'aurais aimé une hallucination.

Je prends une douche et un comprimé. Je termine ma journée avec la télé, jusqu'à ce que les plombs sautent. Panne de secteur, sans doute. Tant pis, je vais me coucher, la lune est là...

Un soir plus tard, les plombs me lâchent à nouveau. Rien que moi. Les autres locataires n'ont naturellement rien remarqué. Pas grave, c'est mon quotidien. Je ne m'inquiète plus pour si peu... J'ai rendez-vous avec Judith, nous allons boire un verre. Nous parlons bien sûr des carnets que j'ai lus, de ma réaction, de mon sentiment. Elle dit que c'est bien... En préparation pour une nouvelle pièce, elle est toute excitée, elle ne s'arrêtera donc jamais. La retraite n'est qu'un songe, la rage du métier passe toujours devant. ... Elle aime le vin, avec des glaçons. Moi aussi du coup. Elle est marrante, et je ne la trouve pas vieille du tout. Je m'abstiens de confidences jusqu'à présent inutiles. Elles me brûlent les lèvres, mais ne feraient que la décevoir. Je ravale donc mes aveux et la quitte avec un goût d'amertume...

Nouvelle surprise, ma belle auto a disparu ! Là, je l'ai vraiment mauvaise ! Après une crise de nerfs et un constat en bonne et due forme, je réintègre mon petit univers en taxi en rongeant mon frein... Pas d'électricité, donc je me jette au lit toute habillée, je ne veux plus rien savoir jusqu'à demain. Le sommeil, mon seul ami pour l'instant, s'empare de moi et m'enfonce dans une nuit sans étoiles où je me laisse glisser, épuisée.

Une belle journée s'annonce. Le soleil inonde ma chambre et j'ai plein de choses à faire. Il faut que j'aille au bureau de police, et chez mon assureur pour ma voiture. J'essaie de ne pas extrapoler, mais cette satanée Marion pourrait bien être à l'origine du vol de ma Mercedes. Ayant eu quelques faux bonds dans le déroulement de son complot, elle se range à un niveau de vengeance des plus banals... Pourquoi pas... ? Après avoir rempli toutes les formalités, je passe à l'agence pour le programme de la nouvelle saison. Serge, mon adorable directeur tout bronzé, m'embrasse et me convie dans son bureau avec quelques membres de l'équipe. Je n'entends déjà plus ce qu'ils racontent, un book au milieu des autres m'a interpellée. Les photos que je découvre avec effroi n'ont rien à voir avec celles de mon enveloppe. Marion, voluptueuse et irrésistible, prend la pose avec un naturel époustouflant ! Si je ne la connaissais pas, je la trouverais géniale. La salope !

— Ca ne va pas, Virna ? Tu as l'air un peu stone, là.

Je me ressaisis.

— C'est qui, elle ? dis-je en la montrant du nez.

— Oh, c'est une petite qui est venue, elle donne bien sur photos, je pense qu'on peut en faire quelque chose... Tu la connais ?

— Je croyais, mais non. Elle est mannequin ?

— Elle débute encore, elle a un petit palmarès boutique, je pense qu'elle vaut mieux que cela. Il faut la travailler un peu, mais il y a de la matière...

Ça le fait rire, les autres aussi d'ailleurs. Je suis écœurée, Marion si gauche et si rondelette... Cela ne fait plus partie que de mes souvenirs. Grande, elle ne sera jamais, ni dans un sens ni dans l'autre, mais quelle élégance elle dévoile, une dégaine, un mystère... C'est caméléonesque !

Après trois heures de pourparlers et de pain surprise, je monte dans ma voiture de remplacement, l'agenda plein, le crâne vide.

J'erre dans Paris où je me sens mal. Mon égo est baladé par un père et un joker qui se jouent de moi sans répit. Je pressens tant de choses néfastes que j'ose à peine mettre un pied devant l'autre. Bref (comme dirait mon papa), je déprime à fond. La télé allumée m'attend, le courant repasse, c'est bon signe ? Je ne comprends plus rien. Mon optimisme bat sérieusement de l'aile, même ce bon vieux de Funès ne me fait plus rire. Un orage éclate. Violent. Je ferme mes fenêtres et regarde ce torrent s'abattre sur Paris comme jamais. Un déluge.

En vingt minutes, la ville entière est sous eaux. Les gens courent comme ils peuvent, trempés jusqu'aux genoux, pour trouver refuge quelque part. Les égouts explosent et se déversent en fontaines sur la place, des voitures s'entrechoquent, c'est la panique. Soudain la pluie cesse, d'un coup sec ! Étonnant.

L'eau est aspirée comme par enchantement par les fonds. Quel spectacle ! Ma rue est un ballet de balayeurs, les lumières se rallument de tous côtés, les gens s'activent pour déblayer, leur nuit sera longue... Du haut de mon troisième étage, je suis à l'abri. Je continue ma contemplation nocturne, la peur au ventre cependant. Et si cette pluie ne s'était pas arrêtée... ? À l'allure où vont les choses, nous serions tous engloutis... J'abandonne ce paysage désastreux et retourne penser dans mon canapé. Je n'ai pas sommeil, je n'ai envie de rien. Je reste là dans mon silence... Soudain, les rideaux se mettent à bouger... l'enveloppe blanche tombe sur le carrelage en éparpillant les souvenirs hideux... J'observe ce manège sans bouger. Une petite fumée noire se développe de plus en plus nettement, l'instant d'après les photos crépitent doucement et s'enflamment les unes après les autres avec une précision magique. Un moment plus loin, plus rien, sinon une légère senteur de roussi et quelques pointillés sur le sol qui s'évaporent lentement... ! Je sens une présence pacifique autour de moi, indescriptible. Mon papa est là, il est venu se nicher dans mon cœur... Je ne peux pas l'expliquer autrement, mais nous sommes ensemble, à tout jamais.

Ma valise est prête. Je n'ai pas besoin de grand-chose. Une page est tournée, j'ai une autre route à prendre. J'arpente mon quartier une dernière fois. À l'ombre d'une terrasse, j'aperçois Marion et Solange, l'une vêtue d'une jolie robe et d'un chapeau noir que je connais bien, l'autre gracieuse dans mon ensemble Gucci. Je souris. Elles peuvent bien changer de peau, elles ne m'atteindront plus.

Aucun adieu. Ceux que j'aime me comprendront. Je m'envole vers l'Australie, un rêve m'attend là-bas... Dans mon appartement, Brel tourne sans discontinuer sur mon lecteur... « Quand on n'a que l'amour, à s'offrir en partage... » Déjà si loin, je l'entends encore...